आज भी खरे हैं
तालाब

आज भी खरे हैं
तालाब

अनुपम मिश्र

प्रभात
प्रकाशन

यह पुस्तक पहली बार 1993 में गांधी शांति प्रतिष्ठान द्वारा प्रकाशित की गई, उसके बाद इसकी अनेक आवृत्तियाँ प्रकाशित हो चुकी हैं—हिंदी में और अनेक भारतीय भाषाओं में, ब्रेल में भी। प्रबुद्ध लेखक ने इसे सार्वजनिक संपत्ति घोषित कर दिया हैं, यानी इसका सर्वाधिकार सार्वजनिक है।

प्रकाशक

प्रभात प्रकाशन प्रा. लि.

4/19 आसफ अली रोड, नई दिल्ली–110002

फोन : 011–23289777 • हेल्पलाइन नं. : 7827007777

इ–मेल : prabhatbooks@gmail.com ❖ वेब ठिकाना : www.prabhatbooks.com

संस्करण

2026

मूल्य

दो सौ पचास रुपए

मुद्रक

नरुला प्रिंटर्स, दिल्ली

—————— ★ ——————

AAJ BHI KHARE HAIN TALAB
by Shri Anupam Mishra

Published by **PRABHAT PRAKASHAN PVT. LTD.**
4/19 Asaf Ali Road, New Delhi-110002

ISBN 978-81-7315-995-4

₹ 250.00

विषय-सूची

पाल के किनारे रखा इतिहास 7

नींव से शिखर तक 12

संसार सागर के नायक 19

सागर के आगर 34

साफ माथे का समाज 49

सहस्त्रनाम 59

मृगतृष्णा झुठलाते तालाब 70

तालाब बाँधता धरम सुभाव 86

आज भी खरे हैं तालाब 95

संदर्भ 103

पाल के किनारे रखा इतिहास

"अच्छे-अच्छे काम करते जाना", राजा ने कूड़न किसान से कहा था। कूड़न, बुढ़ान, सरमन और कौंराई थे चार भाई। चारों सुबह जल्दी उठकर अपने खेत पर काम करने जाते। दोपहर को कूड़न की बेटी आती पोटली में खाना लेकर।

एक दिन घर से खेत जाते समय बेटी को एक नुकीले पत्थर से ठोकर

तालाब के आगौर में लगा एक स्तंभ

लग गई। उसे बहुत गुस्सा आया। उसने अपनी दराँती से उस पत्थर को उखाड़ने की कोशिश की। पर लो, उसकी दराँती तो पत्थर पर पड़ते ही लोहे से सोने में बदल गई। और फिर बदलती जाती हैं इस लंबे किस्से की घटनाएँ बड़ी तेजी से। पत्थर उठाकर लड़की भागी-भागी खेत पर आती है। अपने पिता और चाचाओं को सब कुछ एक साँस में बता देती है। चारों भाइयों की साँस भी अटक जाती है। जल्दी-जल्दी सब घर लौटते हैं। उन्हें मालूम पड़ चुका है कि उनके हाथ में कोई साधारण पत्थर नहीं है, पारस है। वे लोहे की जिस चीज को छूते हैं, वह सोना बनकर उनकी आँखों में चमक भर देती है।

पर आँखों की यह चमक ज्यादा देर तक नहीं टिक पाती। कूड़न को लगता है कि देर-सवेर राजा तक यह बात पहुँच ही जाएगी और तब पारस छिन जाएगा। तो क्या यह ज्यादा अच्छा नहीं होगा कि वे खुद जाकर राजा को सबकुछ बता दें।

किस्सा आगे बढ़ता है। फिर जो कुछ घटता है, वह लोहे को नहीं बल्कि समाज को पारस से छुआने का किस्सा बन जाता है।

राजा न पारस लेता है, न सोना। सबकुछ कूड़न को वापस देते हुए कहता है, ''जाओ, इससे अच्छे-अच्छे काम करते जाना, तालाब बनाते जाना।''

यह कहानी सच्ची है, ऐतिहासिक है—नहीं मालूम। पर देश के मध्य भाग में एक बहुत बड़े हिस्से में यह इतिहास को अँगूठा दिखाती हुई लोगों के मन में रमी हुई है। यहीं के पाटन नामक क्षेत्र में चार बहुत बड़े तालाब आज भी मिलते हैं और इस कहानी को इतिहास की कसौटी पर कसने वालों को लजाते हैं—चारों तालाब इन्हीं चारों भाइयों के नाम पर हैं। बुढ़ागर में बूढ़ा सागर है, मझगवाँ में सरमन सागर है, कुआँग्राम में कौंराई सागर है तथा कुंडम गाँव में कुंडम सागर। सन् 1907 में गजेटियर के माध्यम से इस देश का 'व्यवस्थित' इतिहास लिखते घूम रहे अंग्रेज ने भी इस इलाके में कई लोगों से यह किस्सा सुना था और फिर देखा-परखा था इन चार बड़े तालाबों को। तब भी सरमन

सागर इतना बड़ा था कि उसके किनारे पर तीन बड़े-बड़े गाँव बसे थे और तीनों गाँव इस तालाब को अपने-अपने नामों से बाँट लेते थे। पर वह विशाल ताल तीनों गाँवों को जोड़ता था और सरमन सागर की तरह स्मरण किया जाता था। इतिहास ने सरमन, बुढ़ान, कौंराई और कूड़न को याद नहीं रखा, लेकिन इन लोगों ने तालाब बनाए और इतिहास को उनके किनारे पर रख दिया था।

देश के मध्य भाग में ठीक हृदय में धड़कने वाला यह किस्सा उत्तर-दक्षिण, पूरब-पश्चिम—चारों तरफ किसी न किसी रूप में फैला हुआ मिल सकता है और इसी के साथ मिलते हैं सैकड़ों, हजारों तालाब। इनकी कोई ठीक गिनती नहीं है। इन अनगिनत तालाबों को गिनने वाले नहीं, इन्हें तो बनाने वाले लोग आते रहे और तालाब बनते रहे।

किसी तालाब को राजा ने बनाया तो किसी को रानी ने, किसी को किसी साधारण गृहस्थ ने, विधवा ने बनाया तो किसी को किसी असाधारण साधु-संत ने—जिस किसी ने भी तालाब बनाया, वह महाराज या महात्मा ही कहलाया। एक कृतज्ञ समाज तालाब बनाने वालों को अमर बनाता था और लोग भी तालाब बनाकर समाज के प्रति अपनी कृतज्ञता ज्ञापित करते थे।

समाज और उसके सदस्यों के बीच इस विषय में एक ठीक तालमेल का दौर कोई छोटा दौर नहीं था। एकदम महाभारत और रामायण काल के तालाबों को अभी छोड़ दें तो भी कहा जा सकता है कि कोई पाँचवीं से पंद्रहवीं सदी तक देश के इस कोने से उस कोने तक तालाब बनते ही चले आए थे। कोई एक हजार वर्ष तक अबाध गति से चलती रही इस परंपरा में पंद्रहवीं सदी के बाद कुछ बाधाएँ आने लगी थीं; पर उस दौर में भी यह धारा पूरी तरह से रुक नहीं पाई, सूख नहीं पाई। समाज ने जिस काम को इतने लंबे समय तक बहुत व्यवस्थित रूप से किया था, उस काम को उथल-पुथल का वह दौर भी पूरी तरह से मिटा नहीं सका। अठारहवीं और उन्नीसवीं सदी के अंत तक भी जगह-जगह पर तालाब बन रहे थे।

लेकिन फिर बनाने वाले लोग धीरे-धीरे कम होते गए। गिनने वाले कुछ जरूर आ गए, पर जितना बड़ा काम था, उस हिसाब से गिनने वाले बहुत ही कम थे और कमजोर भी। इसलिए ठीक गिनती भी कभी हो नहीं पाई। धीरे-धीरे टुकड़ों में तालाब गिने गए, पर सब टुकड़ों का कुल मेल कभी बिठाया नहीं गया। लेकिन इन टुकड़ों की झिलमिलाहट समग्र चित्र की चमक दिखा सकती है।

लबालब भरे तालाबों को सूखे आँकड़ों में समेटने की कोशिश किस छोर से शुरू करें? फिर से देश के बीच के भाग में वापस लौटें।

आज के रीवा जिले का जोड़ौरी गाँव है कोई 2500 की आबादी का, लेकिन इस गाँव में 12 तालाब हैं। इसी के आस-पास है ताल मुकेदान, आबादी है बस कोई 1500 की, पर 10 तालाब हैं गाँव में। हर चीज का औसत निकालने वालों के लिए यह छोटा सा गाँव आज भी 150 लोगों पर एक अच्छे तालाब की सुविधा जुटा रहा है। जिस दौर में ये तालाब बने थे, उस दौर में आबादी और भी कम थी। यानी तब जोर इस बात पर था कि अपने हिस्से में बरसने वाली हरेक बूँद इकट्ठी कर ली जाए और संकट के समय में आस-पास के क्षेत्रों में भी उसे बाँट लिया जाए। वरुण देवता का प्रसाद गाँव अपनी अंजुली में भर लेता था।

और जहाँ प्रसाद कम मिलता है? वहाँ तो उसका एक कण, एक बूँद भी भला कैसे बगरने दी जा सकती थी। देश में सबसे कम वर्षा के क्षेत्र जैसे राजस्थान और उनमें भी सबसे सूखे माने जाने वाले थार के रेगिस्तान में बसे हजारों गाँवों के नाम ही तालाब के आधार पर मिलते हैं। गाँवों के नाम के साथ ही जुड़ा है 'सर'। सर यानी तालाब। सर नहीं तो गाँव कहाँ? यहाँ तो आप तालाब गिनने के बदले गाँव ही गिनते जाएँ और फिर इस जोड़ में 2 या 3 का गुणा कर दें।

जहाँ आबादी में गुणा हुआ और शहर बना, वहाँ भी पानी न तो उधार

लिया गया, न आज के शहरों की तरह कहीं और से चुराकर लाया गया। शहरों ने भी गाँवों की तरह ही अपना इंतजाम खुद किया। अन्य शहरों की बात बाद में, एक समय की दिल्ली में कोई 350 छोटे-बड़े तालाबों का जिक्र मिलता है।

गाँव से शहर, शहर से राज्य पर आएँ। फिर रीवा रियासत लौटें। आज के मापदंड से यह पिछड़ा हिस्सा कहलाता है। लेकिन पानी के इंतजाम के हिसाब से देखें तो पिछली सदी में वहाँ सब मिलाकर कोई 5000 तालाब थे।

नीचे दक्षिण के राज्यों को देखें तो आजादी मिलने से कोई सौ बरस पहले तक मद्रास प्रेसिडेंसी में 53,000 तालाब गिने गए थे। वहाँ सन् 1885 में सिर्फ 14 जिलों में कोई 43,000, इसी तरह मैसूर राज्य में उपेक्षा के ताजे दौर में, सन् 1980 तक में कोई 39,000 तालाब किसी-न-किसी रूप में लोगों की सेवा कर रहे थे।

इधर-उधर बिखरे ये सारे आँकड़े एक जगह रखकर देखें तो कहा जा सकता है कि इस सदी के प्रारंभ तक आषाढ़ के पहले दिन से भादों के अंतिम दिन तक कोई 11 या 12 लाख तालाब भर जाते थे—और अगले जेठ तक वरुण देवता का कुछ-न-कुछ प्रसाद बाँटते रहते थे।

क्योंकि लोग अच्छे-अच्छे काम करते जाते थे।

❑

नींव से शिखर तक

आज अनपूछी ग्यारस है। देव उठ गए हैं। अब अच्छे-अच्छे काम करने के लिए किसी से कुछ पूछने की, मुहूर्त दिखवाने की जरूरत नहीं है। फिर भी सब लोग मिल-जुल रहे हैं, सबसे पूछ रहे हैं। एक नया तालाब जो बनने वाला है।...

पाठकों को लगेगा कि अब उन्हें एक तालाब के बनने का—पाल बनने से लेकर पानी भरने तक का पूरा विवरण मिलने वाला है। हम खुद ऐसा विवरण खोजते रहे, पर हमें वह कहीं मिल नहीं पाया। जहाँ सदियों से तालाब बनते रहे हैं, हजारों की संख्या में बने हैं—वहाँ तालाब बनाने का पूरा विवरण न होना शुरू में अटपटा लग सकता है, पर यही सबसे सहज स्थिति है। 'तालाब कैसे बनाएँ' के बदले चारों तरफ 'तालाब ऐसे बनाएँ' का चलन चलता था। फिर भी छोटे-छोटे टुकड़े जोड़ें तो तालाब बनाने का एक सुंदर न सही, कामचलाऊ चित्र तो सामने आ ही सकता है।

अनपूछी ग्यारस है। अब क्या पूछना है। सारी बातचीत तो पहले हो चुकी है। तालाब की जगह भी तय हो चुकी है। तय करने वालों की आँखों में न जाने कितनी बरसातें उतर चुकी हैं। इसलिए वहाँ ऐसे सवाल नहीं उठते कि पानी कहाँ से आता है, कितना पानी आता है, उसका कितना भाग कहाँ पर रोका जा सकता है। ये सवाल नहीं है, बातें हैं सीधी-सादी, उनकी हथेलियों पर रखी। इन्हीं में से कुछ आँखों ने इससे पहले भी कई तालाब खोदे हैं। और

इन्हीं में से कुछ आँखें ऐसी हैं जो पीढ़ियों से यही काम करती आ रही हैं।

यों तो दसों दिशाएँ खुली हैं, तालाब बनाने के लिए, फिर भी जगह का चुनाव करते समय कई बातों का ध्यान रखा गया है। गोचर की तरफ है यह जगह। ढाल है, निचला क्षेत्र है। जहाँ से पानी आएगा, वहाँ की जमीन मुरुम वाली है। उस तरफ शौच आदि के लिए भी लोग नहीं जाते हैं। मरे जानवरों की खाल वगैरह निकालने की जगह यानी हड़वाड़ा भी इस तरफ नहीं है।

अभ्यास से अभ्यास बढ़ता है। अभ्यस्त आँखें बातचीत में सुनी-चुनी गई जगह को एक बार देख भी लेती हैं। यहाँ पहुँचकर आगौर, जहाँ से पानी आएगा, उसकी साफ-सफाई, सुरक्षा को पक्का कर लिया जाता है। पाल कितनी ऊँची होगी, कितनी चौड़ी होगी, कहाँ से कहाँ तक बँधेगी तथा तालाब में पानी पूरा भरने पर उसे बचाने के लिए कहाँ पर अपरा बनेगी, इसका भी अंदाज ले लिया गया है।

सब लोग इकट्ठे हो गए हैं। अब देर काहे की। चमचमाती थाली सजी है। सूरज की किरणें उसे और चमका रही हैं। जल से पूर्ण लोटा है। रोली, मौली, हलदी, अक्षत के साथ रखा है लाल मिट्टी का एक पवित्र डला। भूमि और जल की स्तुति के श्लोक धीरे-धीरे लहरों में बदल रहे हैं।

वरुण देवता का स्मरण है। तालाब कहीं भी खुद रहा हो, देश के एक कोने से दूसरे कोने तक की नदियों को पुकारा जा रहा है। श्लोकों की लहरें थमती हैं मिट्टी में फावड़ों के टकराने की खड़खड़ाहट से। पाँच लोग पाँच परात मिट्टी खोदते हैं, दस हाथ परातों को उठा कर पाल पर डालते हैं। यहीं बँधेगी पाल। गुड़ बँट जाता है। मुहूर्त साध लिया है। आँखों में बसा तालाब का पूरा चित्र फावड़े से निशान लगाकर जमीन पर उतार लिया गया है। कहाँ से मिट्टी निकलेगी और कहाँ-कहाँ डाली जाएगी, पाल से कितनी दूरी पर खुदाई होगी, ताकि पाल के ठीक नीचे इतनी गहराई न हो जाए कि पाल पानी के दबाव से कमजोर होने लगे। अनयूछी ग्यारस को इतना तो होही जाता था। लेकिन किसी कारण उस दिन काम शुरू नहीं हो पाए तो फिर मुहूर्त पूछा जाता था, नहीं तो खुद निकाला जाता था। गाँव और शहर में घर-घर में मिलने वाले पंचांग और कई बातों के साथ कुआँ, बावड़ी और तालाब बनाने का मुहूर्त आज भी समझाते हैं : "हस्त, अनुराधा, तीनों उत्तरा, शतभिषा, मघा, रोहिणी, पुष्य, मृगशिरा, पूष नक्षत्रों में चंद्रवार, बुधवार, बृहस्पतिवार तथा शुक्रवार को कार्य प्रारंभ करें। परंतु तिथि 4, 9 और 14 का त्याग करें। शुभ लगनों में गुरु और बुध बली हो, पाप ग्रह निर्बल हो, शुक्र का चंद्रमा जलचर राशिगत लगन व चतुर्थ हो, गुरु शुक्र अस्त न हो, भद्रा न हो तो खुदवाना शुभ है।"

आज हममें से ज्यादा लोगों को इस विवरण में से दिनों के कुछ नाम भर समझ में आ पाएँगे, पर आज भी समाज के एक बड़े भाग के मन की घड़ी इसी घड़ी से मिलती है। कुछ पहले तक तो पूरा समाज इसी घड़ी से चलता था।

घड़ी साध ली गई है। लोग वापस लौट रहे हैं। अब एक-दो दिन बाद

जब भी सबको सुविधा होगी, फिर से काम शुरू होगा।

अभ्यस्त निगाहें इस बीच पलक नहीं झपकतीं। कितना बड़ा है तालाब, काम कितना है, कितने लोग लगेंगे, कितने औजार, कितने मन मिट्टी खुदेगी, पाल पर कैसे डलेगी मिट्टी? तसलों से, बहंगी, लग्गे से ढोई जाएगी या गधों की भी जरूरत पड़ेगी? प्रश्न लहरों की तरह उठते हैं। कितना काम कच्चा है, मिट्टी का है, कितना है पक्का, चूने का, पत्थर का। मिट्टी का कच्चा काम बिलकुल पक्का करना है और पत्थर, चूने का पक्का काम कच्चा न रह जाए। प्रश्नों की लहरें उठती हैं और अभ्यस्त मन की गहराई में शांत होती जाती हैं।

सैकड़ों मन मिट्टी का बेहद वजनी काम है। बहते पानी को रुकने के लिए मनाना है। पानी से, हाँ, आग से खेलना है।

डुगडुगी बजता है। गाँव तालाब की जगह पर जमा होता है। तालाब पर काम अमानी में चलेगा। अमानी यानी सब लोग एक साथ काम पर आएँगे, एक साथ वापस घर लौटेंगे।

सैकड़ों हाथ मिट्टी काटते हैं। सैकड़ों हाथ पाल पर मिट्टी डालते हैं। धीरे-धीरे पहला आसार पूरा होता है, एक स्तर उभरकर दिखता है। फिर उसकी दबाई शुरू होती है। दबाने का काम नंदी कर रहे हैं। चार नुकीले खुरों पर बैल का पूरा वजन पड़ता है। पहला आसार पूरा हुआ तो उस पर मिट्टी की दूसरी तह डालनी शुरू होती है। हरेक आसार पर पानी सींचते हैं, बैल चलाते हैं। सैकड़ों हाथ तत्परता से चलते रहते हैं, आसार बहुत धीरज के साथ धीरे-धीरे उठते जाते हैं।

अब तक जो कुदाल की एक अस्पष्ट रेखा थी, अब वह मिट्टी की पट्टी बन गई है। कहीं यह बिलकुल सीधी है तो कहीं यह बल खा रही है, आगौर से आनेवाला पानी जहाँ पाल पर जोरदार बल आजमा सकता है, वहीं पर पाल में भी बल दिया गया है। इसे 'कोहनी' भी कहा जाता है। पाल यहाँ ठीक हमारी कोहनी की तरह मुड़ जाती है।

जगह गाँव के पास ही है तो भोजन करने लोग घर जाते हैं। जगह दूर हुई तो भोजन भी वहीं पर। पर पूरे दिन गुड़ मिला मीठा पानी सबको वहीं मिलता है। पानी का काम प्रेम का काम है, पुण्य का काम है, इसमें अमृत जैसा मीठा पानी ही पिलाना है, तभी अमृत जैसा सरोवर बनेगा।

इस अमृतसर की रक्षा करेगी पाल। वह तालाब की पालक है। पाल नीचे कितनी चौड़ी होगी, कितनी ऊपर उठेगी और ऊपर की चौड़ाई कितनी होगी—ऐसे प्रश्न गणित या विज्ञान का बोझ नहीं बढ़ाते। अभ्यस्त आँखों के सहज गणित को कोई नापना ही चाहे तो नींव की चौड़ाई से ऊँचाई होगी आधी और

पूरी बन जाने पर ऊपर की चौड़ाई कुल ऊँचाई से आधी होगी।

मिट्‌टी का कच्चा काम पूरा हो रहा है। अब पक्के काम की बारी है। चुनकरों ने चूने को बुझा लिया है। गरट लग गई है। अब गारा तैयार हो रहा है। सिलावट पत्थर की टकाई में व्यस्त हो गए हैं। रक्षा करने वाली पाल की भी रक्षा करने के लिए नेष्टा बनाया जाएगा। नेष्टा यानी वह जगह, जहाँ से तालाब का अतिरिक्त पानी पाल को नुकसान पहुँचाए बिना बह जाएगा। कभी यह शब्द 'निसृष्ट' या 'निस्तरण' या 'निस्तार' रहा होगा। तालाब बनाने वालों की जीभ से कटते-कटते यह घिरकर 'नेष्टा' के रूप में इतना मजबूत हो गया कि पिछले कुछ सैकड़ों वर्षों से इसकी एक भी मात्रा टूट नहीं पाई है।

नेष्टा पाल की ऊँचाई से थोड़ा नीचा होगा, तभी तो पाल को तोड़ने से पहले ही पानी को बहा सकेगा। जमीन से इसकी ऊँचाई पाल की ऊँचाई के अनुपात में तय होगी। अनुपात होगा कोई 10 और 7 हाथ का।

पाल और नेष्टा का काम पूरा हुआ और इस तरह बन गया तालाब का आगर। आगौर का सारा पानी आगर में सिमटकर आएगा। अभ्यस्त आँखें एक बार फिर आगौर और आगर को तौलकर देख लेती हैं। आगर की क्षमता आगौर से आने वाले पानी से कहीं अधिक तो नहीं, कम तो नहीं। उत्तर हाँ में नहीं आता।

चुनकरों के काम को पक्का करती गरट

आखिरी बार डुगडुगी पिट रही है। काम तो पूरा हो गया है, पर आज फिर सभी लोग इकट्ठा होंगे तालाब की पाल पर। अनपूछी ग्यारस को जो संकल्प लिया था, वह आज पूरा हुआ है। बस आगौर में स्तंभ लगना और पाल पर घटोइया देवता की प्राण-प्रतिष्ठा होना बाकी है। आगर के स्तंभ पर गणेशजी बिराजे हैं और नीचे हैं सर्पराज। घटोइया बाबा घाट पर बैठकर पूरे तालाब की रक्षा करेंगे।

आज सबका भोजन होगा। सुंदर मजबूत पाल से घिरा तालाब दूर से एक बड़ी थाली की तरह ही लग रहा है। जिन अनाम लोगों ने इसे बनाया है, आज वे प्रसाद बाँटकर इसे एक सुंदर सा नाम भी देंगे। और यह नाम किसी कागज पर नहीं, लोगों के मन पर लिखा जाएगा।

लेकिन नाम के साथ काम खत्म नहीं हो जाता है। जैसे ही हथिया नक्षत्र उगेगा, पानी का पहला झला गिरेगा, सब लोग फिर तालाब पर जमा होंगे। अभ्यस्त आँखें आज ही तो कसौटी पर चढ़ेंगी। लोग कुदाल, फावड़े, बाँस और लाठी लेकर पाल पर घूम रहे हैं। खूब जुगत से एक-एक आसार उठी पाल भी पहले झले का पानी पिए बिना मजबूत नहीं होगी। हर कहीं से पानी धँस सकता है। दरारें पड़ सकती हैं। चूहों के बिन बनने में भी कितनी देरी लगती है भला! पाल पर चलते हुए लोग बाँसों से, लाठियों से इन छेदों को दबा-दबाकर भर रहे हैं।

कल जिस तरह पाल धीरे-धीरे उठ रही थी, आज उसी तरह आगर में पानी उठ रहा है। आज वह पूरे आगौर से सिमट-सिमटकर आ रहा है :

सिमट-सिमट जल भरहिं तलावा।
जिमी सद्‌गुण सज्जन पहिं आवा॥

अनाम हाथों की मनुहार पानी ने स्वीकार कर ली है।

❑

संसार सागर के नायक

कौन थे अनाम लोग?

सैकड़ों, हजारों तालाब अचानक शून्य से प्रकट नहीं हुए थे। इनके पीछे एक इकाई थी बनवाने वालों की, तो दहाई थी बनाने वालों की। यह इकाई, दहाई मिलकर सैकड़ा, हजार बनती थी। लेकिन पिछले 200 बरसों में नए किस्म की थोड़ी सी पढ़ाई पढ़ गए समाज ने इस इकाई, दहाई, सैकड़ा, हजार को शून्य ही बना दिया। इस नए समाज के मन में इतनी भी उत्सुकता नहीं बची कि उससे पहले के दौर में इतने सारे तालाब भला कौन बनाता था। उसने इस तरह के काम को करने के लिए जो नया ढाँचा खड़ा किया है, आई.आई.टी. का, सिविल इंजीनियरिंग का, उस पैमाने से, उस गज से भी उसने पहले हो चुके इस काम को नापने की कोई कोशिश नहीं की।

वह अपने गज से भी नापता तो कम-से-कम उसके मन में ऐसे सवाल तो उठते कि उस दौर की आई.आई.टी. कहाँ थी? कौन थे उसके निर्देशक? कितना बजट था, कितने सिविल इंजीनियर निकलते थे? लेकिन उसने इस सबको गए जमाने का गया-बीता काम माना तथा पानी के प्रश्न को नए ढंग से हल करने का वायदा भी किया और दावा भी। गाँवों, कस्बों की तो कौन कहे, बड़े शहरों के नलों में चाहे जब बहने वाला सन्नाटा इस वायदे और दावे पर सबसे मुखर टिप्पणी है। इस समय के समाज के दावों को इसी समय के गज से नापें तो कभी दावे छोटे पड़ते हैं तो कभी गज ही छोटा निकल आता है।

इस गज को अभी यहीं छोड़ें और थोड़ा पीछे लौटें। आज जो अनाम हो गए, उनका एक समय में बड़ा नाम था। पूरे देश में तालाब बनते थे और बनाने वाले भी पूरे देश में थे। कहीं यह विद्या जाति के विद्यालय में सिखाई जाती थी तो कहीं यह जात से हटकर एक विशेष पाँत भी बन जाती थी। बनाने वाले लोग कहीं एक जगह बसे मिलते थे तो कहीं ये घूम-घूमकर इस काम को करते थे।

गजधर एक सुंदर शब्द है, तालाब बनाने वालों को आदर के साथ याद करने के लिए। राजस्थान के कुछ भागों में यह शब्द आज भी बाकी है। गजधर यानी जो

गज को धारण करता है। और गज वही जो नापने के काम आता है। लेकिन फिर भी समाज ने इन्हें तीन हाथ की लोहे की छड़ लेकर घूमने वाला मिस्त्री नहीं माना। गजधर तो समाज की गहराई को नाप ले—उसे ऐसा दर्जा दिया गया है।

गजधर वास्तुकार थे। गाँव-समाज हो या नगर-समाज—उसके नव निर्माण की, रख-रखाव की जिम्मेदारी गजधर निभाते थे। नगर नियोजन से लेकर छोटे-से-छोटे

समाज की गहराई नापते रहे हैं गजधर

निर्माण के काम गजधर के कंधों पर टिके थे। वे योजना बनाते थे, कुल काम की लागत निकालते थे, काम में लगने वाली सारी सामग्री जुटाते थे और इस सबके बदले वे अपने जजमान से ऐसा कुछ नहीं माँग बैठते थे, जो वे न दे पाएँ। लोग भी ऐसे थे कि उनसे जो कुछ बनता, वे गजधर को भेंट कर देते।

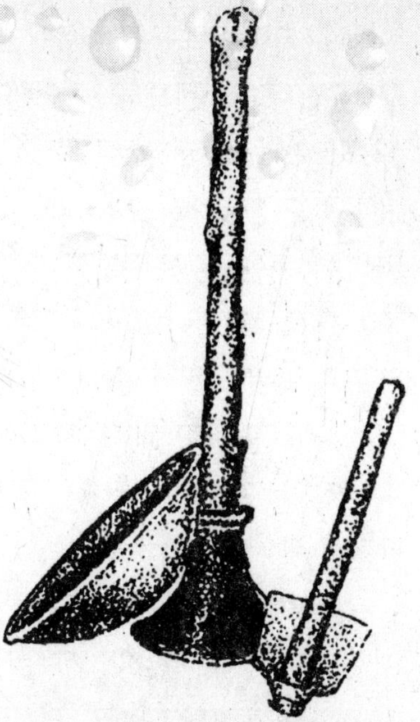

सब साधनों से संपन्न समाज

काम पूरा होने पर पारिश्रमिक के अलावा गजधर को सम्मान भी मिलता था। सरोपा भेंट करना अब शायद सिर्फ सिख परंपरा में ही बचा है, पर अभी कुछ ही पहले तक राजस्थान में गजधर को गृहस्थ की ओर से बड़े आदर के साथ सरोपा भेंट किया जाता रहा है। पगड़ी बाँधने के अलावा चाँदी और कभी-कभी सोने के बटन भी भेंट दिए जाते थे। जमीन भी उनके नाम की जाती थी। पगड़ी पहनाए जाने के बाद गजधर अपने साथ काम करने वाली टोली के कुछ और लोगों के नाम बताते थे, उन्हें भी पारिश्रमिक के अलावा यथाशक्ति कुछ-न-कुछ भेंट दी जाती थी। कृतज्ञता का यह भाव तालाब बनने के बाद होने वाले भोज में विशेष रूप से देखने में आता था।

गजधर हिंदू थे और बाद में मुसलमान भी। सिलावट या सिलावटा नामक एक जाति वास्तुकला में बहुत निष्णात हुई है। सिलावटा शब्द शिला यानी पत्थर से बना है। सिलावटा भी गजधरों की तरह दोनों धर्मों में थे। आबादी के अनुपात

में उनकी संख्या काफी थी। इनके अपने मोहल्ले थे, आज भी राजस्थान के पुराने शहरों में सिलावटपाड़ा मिल जाएँगे। सिंध क्षेत्र में, कराची में भी सिलावटों का भरा-पूरा मोहल्ला है। गजधर और सिलावटा—एक ही काम को करने वाले ये दो नाम कहीं-कहीं एक ही हो जाते थे। जैसलमेर और सिंध में सिलावटों के नायक ही गजधर कहलाते थे। कराची में भी इन्हें सम्मान से देखा जाता था। बँटवारे के बाद पाकिस्तान मंत्रिमंडल में भी एक सिलावट—हाकिम मोहम्मद गजधर—की नियुक्ति हुई थी।

इनकी एक धारा तोमर वंश तक जाती है और समाज के निर्माण के सबसे ऊँचे पद को भी छूती रही है। अनंगपाल तंवर ने भी कभी दिल्ली पर झंड लहराया था।

अभ्यस्त आँखों का सुंदर उदाहरण थे गजधर। गुरु-शिष्य परंपरा से काम सिखाया जाता था। नए हाथ को पुराना हाथ इतना सिखाता, इतना उठाता कि वह कुछ समय बाद 'जोड़िया' बन जाता। जोड़िया यानी गजधर का विश्वसनीय साथी। एक गजधर के साथ कई जोड़िया होते थे। कुछ अच्छे जोड़ियों वाले गजधर स्वयं इतने ऊपर उठ जाते थे कि बस फिर उनका नाम ही कह गजधर रह जाता, पर गज उनका छूट जाता। अच्छे गजधर की एक परिभाषा यही थी कि वे औजारों को हाथ नहीं लगाते। सिर्फ जगह देखकर निर्णय लेते कि कहाँ क्या करना है। वे एक जगह बैठ जाते और सारा काम उनके मौखिक निर्देश पर चलता रहता।

औजारों का उपयोग करते-करते इतना ऊपर उठना कि फिर उनकी जरूरत ही नहीं रहे—यह एक बात है। पर कभी औजारों को हाथ ही नहीं लगाना—यह दूसरी बात है। ऐसे सिद्ध सिरभाव कहलाते थे। सिरभाव किसी भी औजार के बिना पानी की ठीक जगह बताते थे। कहते हैं, भाव आता था उन्हें, यानी बस पता चल जाता था। सिरभाव कोई जाति विशेष से नहीं होते थे। बस किसी-किसी को यह सिद्धि मिल जाती थी। जलसूँघा यानी भूजल को 'सूँघ'

कर बताने वाले लोग भी सिरभाव जैसे ही होते थे। पर वे भूजल की तरंगों के संकेत को आम या जामुन की लकड़ी की सहायता से पकड़कर पानी का पता बताते थे। यह काम आज भी जारी है। ट्यूबवैल खोदने वाली कंपनियाँ पहले अपने यंत्र से जगह चुनती हैं, फिर इन्हें बुलाकर और पक्का कर लेती हैं कि पानी मिलेगा या नहीं। सरकारी क्षेत्रों में भी बिना कागज पर दिखाए इनकी सेवाएँ ले ली जाती हैं।

सिलावटा शब्द मध्य प्रदेश तक जाते-जाते एक मात्रा खोकर सिलावट बन जाता है, पर गुण ज्यों के त्यों रहते हैं। कहीं-कहीं मध्य-देश में सिलाकार भी थे। गुजरात में भी इनकी अच्छी आबादी है। वहाँ ये सलाट कहलाते हैं। इनमें हीरा सलाट पत्थर पर अपने काम के कारण बहुत ही प्रसिद्ध हुए हैं।

कच्छ में गजधर गईधर हो गए हैं। उनका वंशवृक्ष इंद्र देवता के पुत्र जयंत से प्रारंभ होता है। गजधरों का एक नाम सूत्रधार भी रहा है। यही बाद में गुजरात में ठार और देश के कई भागों में सुधार हो गया।

गजधरों का एक शास्त्रीय नाम स्थपति भी था, जो थवई की तरह आज भी प्रचलित है।

पथरोट और टकारी भी पत्थर पर होने वाले सभी कामों के अच्छे जानकार थे और तालाब बनाने के काम में भी लगते थे। मध्य प्रदेश में पथरौटा नाम के गाँव और मोहल्ले आज भी इनकी याद दिलाते हैं। टकारी दूर दक्षिण तक फैले थे और इनके मोहल्ले टकेरवाड़ी कहलाते थे।

संसार है माटी का और इस माटी का पूरा संसार जानने वालों की कमी नहीं थी। ये मटकूट थे तो कहीं मटकूड़ा, और जहाँ ये बसते थे, वे गाँव कटकूली कहलाते थे। सोनकर और सुनकर शब्द सोने का काम करने वालों के लिए थे। पर यह सोना सोना नहीं, मिट्टी ही था। सोनकर या सुनकर राजलहरिया भी कहलाते थे। ये अपने को रघुवंश के सम्राट् सगर के बेटों से जोड़ते थे। अश्वमेध यज्ञ के लिए छोड़े गए घोड़े की चोरी हो जाने पर सगर-पुत्रों ने

उसको ढूँढ़ निकालने के लिए सारी पृथ्वी खोद डाली थी और अंत में कपिल मुनि के क्रोध के पात्र बन बैठे थे। उसी शाप के कारण सोनकर तालाबों में मिट्टी खोदने का काम करते थे, पर अब क्रोध नहीं, पुण्य कमाते थे। ये ईंट बनाने के काम में भी बहुत कुशल रहे हैं। खंती भी तालाब में मिट्टी काटने के काम में बुलाए जाते थे। जहाँ ये किसी वजह से न हों, वहाँ कुम्हार से तालाब की मिट्टी के बारे में सलाह ली जाती थी।

तालाब की जगह का चुनाव करते समय बुलई बिना बुलाए आते थे। बुलई यानी वे जिन्हें गाँव की पूरी-पूरी जानकारी रहती थी। कहाँ कैसी जमीन है, किसकी है, पहले कहाँ-कहाँ तालाब, बावड़ी आदि बन चुके हैं, कहाँ और बन सकते हैं—ऐसी सब जानकारियाँ बुलई को कंठस्थ रहती थीं, फिर भी उनके पास इस सबका बारीक हिसाब-किताब लिखा भी मिलता था।

मालवा के इलाकों में बुलई की मदद से ही यह सब जानकारी रकबे में बाकायदा दर्ज की जाती थी। और यह रकबा हरेक जमींदारी में सुरक्षित रहता था।

बुलई कहीं ढेर भी कहलाते थे। इसी तरह मिर्धा थे, जो जमीन की नाप-जोख, हिसाब-किताब और जमीन के झगड़ों का निपटारा भी करते थे।

ईंट और चूने के गारे का काम चुनकर करते थे। बचे समय में नमक का भी व्यापार इन्हीं के साथ होता था। आज के मध्य प्रदेश में सन् 1911 में चुनकरों की आबादी 25,000 से ऊपर थी। उधर उड़ीसा में लुनिया मुरहा और साँसिया थे। अंग्रेज के समय साँसियों को अपराधी जाति बताकर पूरी तरह तोड़ दिया गया था।

नए लोग जैसे तालाबों को भूलते गए, वैसे ही उनको बनाने वालों को भी। भूले-बिसरे लोगों की सूची में दुसाध, नौनिया, गोंड, परधान, कोल, ढीमर, ढींवर, भोई भी आते हैं। एक समय था जब ये तालाब के अच्छे जानकार माने जाते थे। आज इनकी उस भूमिका को समझने के विवरण भी हम खो बैठे हैं।

कोरी या कोली जाति ने भी तालाबों का बड़ा काम किया था। सैकड़ों तालाब बनाने वाले कोरियों के बारे में आज ठीक ढंग की जानकारी देने वाली एक पंक्ति भी नहीं मिल पाती। लेकिन एक समय था जब बहुत से क्षेत्र कोली जाति के सदस्यों को अपने यहाँ बसाने के लिए कई तरह की सुविधाएँ जुटाते थे। महाराष्ट्र, गुजरात के अनेक गाँवों में उन्हें जो जमीन दी जाती थी, उसका लगान माफ कर दिया जाता था। ऐसी जमीन बारा या वारो कहलाती थी।

सचमुच लौह पुरुष थे अगरिया। यह जाति लोहे के काम के कारण जानी जाती थी। पर कहीं-कहीं अगरिया तालाब भी बनाते थे। तालाब खोदने के औजार—गेंती, फावड़ा, बेल, मेटाक, तसले या तगाड़ी बनाने वाले लोग उन औजारों को चलाने में भी किसी से पीछे नहीं थे। बेल से ही बेलदार शब्द बना है।

माली समाज और इस काम में लगी परिहार जाति का भी तालाब बनाने में, तालाब बनने पर उसमें कमल, कुमुदिनी लगाने में योगदान रहता था। कहीं-कहीं तालाब के किनारे की कुछ जमीन केवल माली परिवारों के लिए सुरक्षित रखी जाती थी। उनका जीवन तालाब से चलता था और जीवन भर वे तालाब की रखवाली करते थे।

भील, भिलाले, सहरिया, कोल आज अपना सबकुछ खोकर जनजाति की अनुसूचित सूची में शामिल कर दिए गए हैं, पर एक समय में इनके छोटे-बड़े राज थे। इन राज्यों में ये पानी की, तालाबों की पूरी व्यवस्था खुद सँभालते थे। बहती नदी का पानी कहाँ रोककर कैसा बँधान बाँधना है और फिर उस बँधान का पानी कितनी दूर तक सींचने ले जाना है—यह कौशल भील तीर-धनुष की तरह अपने कंधे पर ही रखते थे। इस तरह बाँधे गए बँधानों और तालाबों के पानी के दबाव की भी उन्हें खूब परख रहती। दबाव कितना है और कितनी दूरी के कुओं को वह हरा कर देगा, यह भेद वे अपने तीर से रेखा खींचकर बता सकते थे।

राजस्थान में यह काम मीणा करते थे। अलवर जिले में एक छोटी सी नई संस्था 'तरुण भारत संघ' ने पिछले 10 वर्षों में 2000 से अधिक तालाब बनाए हैं। उसे हर गाँव में यही लगा कि पूरा गाँव तालाब बनाना जानता है। कठिन-से-कठिन मामलों में संस्था को बाहर से कोई सलाह नहीं लेनी पड़ी, क्योंकि भीतर तो मीणा थे, जो पीढ़ियों से यहाँ तालाब बनाते रहे हैं।

भीलों में कई भेद थे। नायक, नायका, चोलीवाला, नायक, कापड़िया नायक, बड़ा नायक, छोटा नायक और फिर तलाविया, गरासिया—सब तालाब और पानी के काम के नायक माने जाते थे।

नायक या महाराष्ट्र-कोंकण में नाईक उपाधि बंजारा समाज में भी थी। वन में विचरने वाले वनचर, बिनचर धीरे-धीरे बंजारे कहलाने लगे। ये आज दयनीय बना दिए गए हैं, पर एक समय ये एक शहर से दूसरे शहर सैकड़ों पशुओं पर माल लादकर व्यापार करने निकलते थे। गन्ने के क्षेत्र में धान के क्षेत्र में गुड़ ले जाते और फिर धान लाकर दूसरे क्षेत्रों में बेचते थे।

शाहजहाँ के वजीर आसफजहाँ जब सन् 1630 में दक्खन आए थे तो उनकी फौज का सामान भंगी-जंगी नाम के नायक बंजारों के बैलों पर लदा था। बैलों की संख्या थी एक लाख अस्सी हजार। भंगी-जंगी के बिना शाही फौज हिल नहीं सकती थी। उनकी प्रशंसा में वजीर आसफजहाँ ने उन्हें सोने से लिखा एक ताम्रपत्र भेंट किया था।

वर्णनों में कुछ अतिशयोक्ति होगी, पर इनके कारवाँ में पशु इतने होते कि गिनना कठिन हो जाता था। तब इसे एक लाख पशुओं का कारवाँ मान लिया जाता था और ऐसी टोली का नायक लाखा बंजारा कहलाता था। हजारों पशुओं के इस कारवाँ को सैकड़ों लोग लेकर चलते थे। इसके एक दिन के पड़ाव पर पानी की कितनी माँग होती, इसका अंदाज लगाया जा सकता है। जहाँ ये जाते, वहाँ अगर पहले से बना तालाब नहीं होता तो फिर वहाँ तालाब बनाना अपना कर्तव्य मानते। मध्य प्रदेश के सागर नाम की जगह में बना सुंदर और बड़ा

तालाब ऐसे ही किसी लाखा बंजारे ने बनाया था। छत्तीसगढ़ में आज भी कई गाँवों में लोग अपने तालाब को किसी लाखा बंजारे से जोड़कर याद करते हैं। इन अज्ञात लाखा बंजारों के हाथों से बने ज्ञात तालाबों की सूची में कई प्रदेशों के नाम समा जाएँगे।

गोंड समाज का तालाबों से गहरा संबंध रहा है। महाकौशल में गोंड का यह गुण जगह-जगह तालाबों के रूप में बिखरा मिलेगा। जबलपुर के पास कूड़न द्वारा बनाया गया ताल आज कोई एक हजार बरस बाद भी काम दे रहा है। इसी समाज में रानी दुर्गावती हुईं, जिन्होंने अपने छोटे से काल में एक बड़े भाग को तालाबों से भर दिया था।

गोंड न सिर्फ खुद तालाब बनाते-बनवाते थे, बल्कि तालाब बनाने वाले दूसरे लोगों का भी खूब सम्मान करते थे। गोंड राजाओं ने उत्तर भारत से कोहली समाज के लोगों को आज के महाराष्ट्र के भंडारा जिले में उत्साह के साथ लाकर बसाया था। भंडारा में भी इसी कारण बहुत अच्छे तालाब मिलते हैं।

बड़े तालाबों की गिनती में सबसे पहले आने वाला प्रसिद्ध भोपाल ताल बनवाया तो राजा भोज ने था, पर इसकी योजना भी कालिया नामक एक गोंड सरदार की मदद से ही पूरी हो सकी थी। भोपाल-होशंगाबाद के बीच की घाटी में बहने वाली कालिया सोत नदी इन्हीं गोंड सरदार के नाम से याद की जाती है।

ओढ़िया, ओढ़ही, ओरही, ओड़, औड़—जैसे-जैसे जगह बदली, वैसे-वैसे इनका नाम बदलता था, पर काम एक ही था, दिन-रात तालाब और कुएँ बनाना। इतने कि गिनना संभव न बचे। ऐसे लोगों के लिए ही कहावत बनी थी कि ओड़ हर रोज नए कुएँ से पानी पीते हैं। बनाने वाले और बनने वाली चीज के एकाकार होने का इससे अच्छा उदाहरण शायद ही मिले; क्योंकि कुएँ का एक नाम ओड़ भी है। ये पश्चिम में ठेठ गुजरात से राजस्थान, उत्तर प्रदेश,

विशेषकर बुलंदशहर और उसके आस-पास के क्षेत्र, महाराष्ट्र, मध्य प्रदेश, उड़ीसा तक फैले थे। इनकी संख्या भी काफी रही होगी। उड़ीसा में कभी कोई संकट आने पर नौ लाख ओढ़ियों के धार नगरी में पहुँचने की कहानी मिलती है। ये गधे पालते थे। कहीं ये गधों से मिट्टी ढोकर केवल पाल बनाते थे, तो कहीं तालाब की मिट्टी काटते थे। प्राय: स्त्री-पुरुष एक साथ काम करते थे। ओढ़ी मिट्टी के अच्छे जानकार होते थे। मिट्टी के रंग और मिट्टी की गंध से स्वभाव पढ़ लेते थे। मिट्टी की सतह और दबाव भी खूब पहचानते थे। राजस्थान में तो आज भी कहावत है कि ओढ़ी कभी दबकर नहीं मरते।

प्रसिद्ध लोकनायिका जसमा ओढ़न धार नगरी के ऐसे ही एक तालाब पर काम कर रही थी, जब राजा भोज ने उसे देख अपना राज-पाट तक छोड़ने का फैसला ले लिया था। राजा ने जसमा को सोने से बनी एक अप्सरा की तरह देखा था। पर ओढ़ी परिवार में जनमी जसमा अपने को, अपने शरीर को तो क्या संसार तक को मिट्टी मानने वाली परंपरा का हिस्सा थी। अपने कर्तव्य को छोड़कर जो नहीं करने लायक था, वह भी करने लगा था। जसमा ऐसे राजा की रानी बनने से पहले मृत्यु का वरण करना तय करती है। राजा का नाम मिट गया, पर जसमा ओढ़न का जस आज भी उड़ीसा से लेकर छत्तीसगढ़, महाकौशल, मालवा, राजस्थान और गुजरात में फैला हुआ है। सैकड़ों बरस बीत गए हैं, इन हिस्सों में फसल कटने के बाद आज भी रात-रात भर जसमा ओढ़न के गीत गाए जाते हैं, नौटंकी खेली जाती है। भवई के मंचों से लेकर भारत भवन, राष्ट्रीय नाटक विद्यालय तक में जसमा ओढ़न के चरण पड़े हैं।

जसमा ओढ़न का यश तो लोगों के मन में बाकी रहा, पर ओढ़ियों का तालाब और कुएँ वाला यश नए लोगों ने भुला दिया है। जो सचमुच राष्ट्र निर्माता थे, उन्हें अनिश्चित रोजी-रोटी की तलाश में भटकने के लिए मजबूर कर दिया गया है। कई ओढ़ी आज भी वही काम करते हैं—इंदिरा नहर को बनाने में हजारों ओढ़ी लगे थे, पर जस चला गया है उनका।

उड़ीसा में ओढ़ियों के अलावा, सोनपुरा और महापात्रे भी तालाब और कुएँ निर्माता रहे हैं। ये गंजाम, पुरी, कोणार्क और आस-पास के क्षेत्रों में फैले थे। सोनपुरा बालंगीर जिले के सोनपुर गाँव से निकले लोग थे। एक तरफ ये मध्य प्रदेश जाते थे, दूसरी तरफ नीचे आंध्र तक। खरिया जाति रामगढ़, विलासपुर और सरगुजा के आस-पास तालाब, छोटे बाँध और नहरों का काम करती थी। 1971 की जनगणना में इनकी संख्या 23 हजार थी।

बिहार में मुसहर, बिहार से जुड़े उत्तर प्रदेश के हिस्सों में लुनिया, मध्य प्रदेश में नौनिया, दुसाध और कोल जाति भी तालाब बनाने में मग्न रहती थी। मुसहर, लुनिया और नौनिया तब आज जैसे लाचार नहीं थे। 18वीं सदी तक मुसहरों को तालाब पूरा होने पर उचित पारिश्रमिक के साथ-साथ जमीन भी दी जाती थी। तालाब बनने पर नौनिया, लुनिया की पूजा होती थी। मिट्टी के पारखी मुसहर का समाज में अपना स्थान था। चोहरमल उनके एक शक्तिशाली नेता थे किसी समय। श्री सलेस (शैलेष) दुसाध के पूज्य थे। इनके गीत जगह-जगह गाए जाते हैं और इन्हें दूसरे लोग भी इज्जत देते थे। दुसाध जब श्री सलेस के यज्ञ करते हैं तो अन्य जातियों के लोग भी उसमें भाग लेते हैं।

इन्हीं इलाकों में बसी थी डांढ़ी नामक एक जाति। यह कठिन और मेहनती काम करने के लिए प्रसिद्ध थी और इस सूची में तालाब और कुआँ तो शामिल था ही। बिहार में आज भी किसी कठिन काम का ठीक हल न सूझे तो कह देते हैं, 'डांढ़ी लगा दो।' डांढ़ी बहुत ही सुंदर मजबूत काठी की जाति थी। इस जाति के सुडौल, गठीले शरीर मछली गिनने का न्योता देते थे।

आज के बिहार और बंगाल में बसे संथाल भी सुंदर तालाब बनाते थे। संथाल परगने में बहुत कुछ मिट जाने के बाद भी कई आहर यानी तालाब संथालों की कुशलता की याद दिलाने खड़े हैं।

महाराष्ट्र के नासिक क्षेत्र में कोहलियों के हाथों इतने बँधान और तालाब बने थे कि इस हिस्से पर अकाल की छाया नहीं पड़ती थी। समुद्र तटवर्ती गोवा

और कोंकण प्रदेश घनघोर वर्षा के क्षेत्र हैं। पर यहाँ वर्षा का मीठा पानी देखते-ही-देखते खारे पानी के विशाल समुद्र में मिल जाता है। यह गावड़ी जाति की ही कुशलता थी कि पश्चिम घाट की पहाड़ियों पर ऊपर से नीचे तक कई तालाबों में वर्षा का पानी वर्ष भर रोककर रखा जाता था। यहाँ और इससे ही जुड़े कर्नाटक के उत्तरी कन्नड़ क्षेत्र में चीरे नामक पत्थर मिलता है। तेज बरसात और बहाव को इसी पत्थर के सहारे बाँधा जाता है। चीरे पत्थर को खानों से निकालकर एक मानक आकार में तराशा जाता रहा है। इस आकार में रत्ती भर परिवर्तन नहीं आया है।

इतना व्यवस्थित काम बिना किसी व्यवस्थित ढाँचे के नहीं हो सकता था। बुद्धि और संगठन का एक ठीक तालमेल खड़े किए बिना देश में इतने सारे तालाब न तो बन सकते थे, न टिक ही सकते थे। यह संगठन कितना चुस्त, दुरुस्त रहा होगा, इस प्रश्न का उत्तर दक्षिण की एक झलक से मिलता है।

दक्षिण में सिंचाई के लिए बनने वाले तालाब एरी कहलाते हैं। गाँव-गाँव में एरी थीं और उपेक्षा के 200 बरसों के इस दौर के बावजूद इनमें से हजारों एरियाँ आज भी सेवा कर रही हैं। गाँव में पंचायत के भीतर ही एक और संस्था होती थी: एरी वार्यम। एरी वार्यम में गाँव के छह सदस्यों की एक वर्ष के लिए नियुक्ति होती थी। एरी से संबंधित हरेक काम—एरी बनाना, उसका रखरखाव, सिंचाई की उचित और निष्पक्ष व्यवस्था और इन सब कामों के लिए सतत साधन जुटाना वार्यम के जिम्मे होता था। वार्यम के छह सदस्य इन कामों को ठीक से नहीं कर पाएँ तो उन्हें नियुक्ति की अवधि से पहले भी हटाया जा सकता था।

यहाँ एरी बनाने का काम वोद्दार करते थे। सिंचाई की पूरी व्यवस्था के लिए एक पद होता था। इसे अलग-अलग क्षेत्र में नीरघंटी, नीरगंटी, नीरआनी, कंबकट्टी और माइयन थोट्टी के नाम से जाना जाता था। तालाब में कितना पानी है, कितने खेतों में सिंचाई होनी है, पानी का कैसा बँटवारा करना है—ये

सारे काम नीरघंटी करते थे। नीरघंटी का पद अनेक क्षेत्रों में सिर्फ हरिजन को ही दिया जाता था और सिंचाई के मामले में उनका निर्णय सर्वोपरि रहता था। किसान कितना भी बड़ा क्यों न हो, इस मामले में नीरघंटी से छोटा ही माना जाता था।

एक तरफ दक्षिण में नीरघंटी जैसे हरिजन थे तो पश्चिम में पालीवाल जैसे ब्राह्मण भी थे। जैसलमेर, जोधपुर के पास दसवीं सदी में पल्ली नगर में बसने के कारण ये पल्लीवाल या पालीवाल कहलाए। इन ब्राह्मणों को मरुभूमि में बरसने वाले थोड़े से पानी को पूरी तरह से रोक लेने का अच्छा कौशल सध गया था। वे खडीन के अच्छे निर्माता थे। मरुभूमि का कोई ऐसा बड़ा टुकड़ा जहाँ पानी बहकर आता हो, वहाँ दो या तीन तरफ से मेंड़बंदी कर पानी रोककर विशिष्ट ढंग से तैयार बाँधनुमा खेत को खडीन कहा जाता है। खडीन खेत बाद में है, पहले तो तालाब ही है। मरुभूमि में सैकड़ों मन अनाज इन्हीं खडीनों में पैदा किया जाता रहा है। आज भी जोधपुर, जैसलमेर, बाडमेर क्षेत्र में सैकड़ों खडीन खड़ी हैं।

लेकिन पानी के काम के अलावा स्वाभिमान भी क्या होता है, इसे पालीवाल ही जानते थे। जैसलमेर में न जाने कितने गाँव पालीवालों के थे। राजा से किसी समय विवाद हुआ। बस रातो रात पालीवालों के गाँव खाली हो गए। एक से एक कीमती सुंदर घर, कुएँ, खडीन सब छोड़कर पालीवाल राज्य से बाहर हो गए। आज उनके वीरान गाँव और घर जैसलमेर में पर्यटक को गाइड बड़े गर्व से दिखाते हैं। पालीवाल वहाँ से निकलकर कहाँ-कहाँ गए, इसका ठीक अंदाज नहीं है, पर एक मुख्य धारा आगरा और जौनपुर में जा बसी थी।

महाराष्ट्र में चितपावन ब्राह्मण भी तालाब बनाने से जुड़े थे। कुछ दूसरे ब्राह्मणों को यह ठीक नहीं लगा कि ब्राह्मण मिट्टी खोदने और ढोने के काम में लगें। कथा है वासुदेव चित्तले नामक चितपावन ब्राह्मण की। वासुदेव ने कई तालाब, बावड़ी और कुएँ बनाए थे। जब वे परशुराम क्षेत्र में एक बड़ा सरोवर

बना रहे थे और उनके कारण अनेक ब्राह्मण भी मिट्टी खोद रहे थे तो देवरुख नामक स्थान से आए ब्राह्मणों के एक समूह ने इनका विरोध किया। तब वासुदेव ने उन्हें शाप दिया कि जो भी ब्राह्मण तुम्हारा साथ देंगे वे तेजहीन होकर लोगों की निंदा के पात्र बनेंगे। उस चितपावन के शाप से बाद में ये लोग देवरुख ब्राह्मण कहलाए। देवरुख ब्राह्मण तेजहीन हुए कि नहीं, लोक निंद्य बने कि नहीं, पता नहीं। लेकिन चितपावन ब्राह्मण अपने क्षेत्र में और देश में भी हर मामले में अपनी विशेष पहचान बनाए रहे हैं।

नायकों के साधन भी पूजनीय बन जाते हैं

कहा जाता है कि पुष्करणा ब्राह्मणों को भी तालाब ने ही उस समय समाज में ब्राह्मण का दर्जा दिलाया था। जैसलमेर के पास पोकरन में रहने वाला यह समूह तालाब बनाने का काम करता था। उन्हें प्रसिद्ध तीर्थ पुष्करजी के तालाब को बनाने का काम सौंपा गया था। रेत से घिरे बहुत कठिन क्षेत्र में इन लोगों ने दिन-रात एक

करके सुंदर तालाब बनाया। जब वह भरा तो प्रसन्न होकर इन्हें ब्राह्मण का दर्जा दिया गया। पुष्करणा ब्राह्मणों के यहाँ कुदाल रूपी मूर्ति की पूजा की जाती रही है।

अपने पूरे शरीर पर राम-नाम का गुदना गुदवाने और राम-नाम की चादर ओढ़ने वाले छत्तीसगढ़ के रामनामी तालाबों के अच्छे जानकार थे। मिट्टी का काम राम का ही नाम था इनके लिए। रायपुर, बिलासपुर और रायगढ़ जिलों में

फैले इस संप्रदाय के लोग छत्तीसगढ़ क्षेत्र में घूम-घूमकर तालाब खोदते रहे हैं। संभवत: इस घूमने के कारण ही इन्हें बंजारा भी मान लिया गया था। छत्तीसगढ़ में कई गाँवों में लोग यह कहते हुए मिल जाएँगे कि उनका तालाब बंजारों ने बनाया था। रामनामी परिवारों में हिंदू होते हुए भी अंतिम संस्कार में अग्नि नहीं दी जाती थी, मिट्टी में दफनाया जाता था, क्योंकि उनके लिए मिट्टी से बड़ा और कुछ नहीं। जीवन भर राम का नाम लेकर तालाब का काम करने वाले के लिए जीवन के पूर्णविराम की इससे पवित्र और कौन सी रीति होगी?

रामनामी : मिट्टी का काम इनके लिए राम नाम है

आज ये सब नाम अनाम हो गए हैं। उनके नामों को स्मरण करने की यह नाम माला, गजधर से लेकर रामनामी तक की नाम माला अधूरी ही है। सब जगह तालाब बनते थे और सब जगह उन्हें बनाने वाले लोग थे।

सैकड़ों, हजारों तालाब शून्य में से प्रकट नहीं हुए थे; लेकिन उन्हें बनाने वाले लोग आज शून्य बना दिए गए हैं।

❑

सागर के आगर

तालाब एक बड़ा शून्य है अपने आप में।

लेकिन तालाब पशुओं के खुर से बन गया कोई ऐसा गड्ढा नहीं कि उसमें बरसात का पानी अपने आप भर जाए। इस शून्य को बहुत सोच-समझकर, बड़ी बारीकी से बनाया जाता रहा है। छोटे से लेकर एक अच्छे बड़े तालाब के कई अंग-प्रत्यंग रहते थे। हरेक का अपना एक विशेष काम होता था और इसलिए एक विशेष नाम भी। तालाब के साथ-साथ यह उसे बनाने वाले समाज की भाषा और बोली की समृद्धि का भी सबूत था। पर जैसे-जैसे समाज तालाबों के मामले में गरीब हुआ है, वैसे-वैसे भाषा से भी ये नाम, शब्द धीरे-धीरे उठते गए हैं।

बादल उठे, उमड़े और पानी जहाँ गिरा, वहाँ कोई एक जगह ऐसी होती है, जहाँ पानी बैठता है। एक क्रिया है : आगौरना, यानी एकत्र करना। इसी से बना है आगौर। आगौर तालाब का वह अंग है, जहाँ से उसका पानी आता है। यह वह ढाल है, जहाँ बरसा पानी एक ही दिशा की ओर चल पड़ता है। इसका एक नाम पनढाल भी है। आगौर को मध्य प्रदेश के कुछ भागों में पैठू, पौरा या पैन कहते हैं। इस अंग के लिए इस बीच में हम सबके बीच, हिंदी की पुस्तकों, अखबारों, संस्थाओं में एक नया शब्द चल पड़ा है—जलागम क्षेत्र। यह अंग्रेजी के कैचमेंट से लिया गया अनुवादी, बनावटी और एक हद तक गलत शब्द है। जलागम का अर्थ वर्षा ऋतु रहा है।

आगौर का पानी जहाँ आकर भरेगा, उसे तालाब नहीं कहते। वह है आगर। तालाब तो सब अंग-प्रत्यंगों का कुल जोड़ है। आगर यानी घर, खजाना। तालाब का खजाना है आगर, जहाँ सारा पानी आकर जमा होगा। राजस्थान में यह शब्द तालाब के अलावा भी चलता है। राज्य परिवहन की बसों के डिपो भी आगर कहलाते हैं। आगरा नाम भी इसे बना है। आगर नाम के कुछ गाँव भी कई प्रदेशों में मिल जाएँगे।

आगौर और आगर सागर के दो प्रमुख अंग माने गए हैं। इन्हें अलग-अलग क्षेत्रों में कुछ और नामों से भी जाना जाता है। कहीं ये शब्द मूल संस्कृत से घिसते-घिसते बोली में सरल होते दिखते हैं तो कहीं ठेठ ग्रामीण इलाकों में बोली को सीधे संस्कृत तक ले जाते हैं। आगौर कहीं आव है, तो कहीं पायतान, यानी जहाँ तालाब के पैर पसरे हों। आयतन है जहाँ यह पसरा हिस्सा सिकुड़ जाए यानी आगर। इसे कहीं-कहीं भराव भी कहते हैं। आंध्र प्रदेश में पहुँचकर यह परिवाह प्रदेशम् कहलाता है। आगर में आगौर से पानी आता है, पर कहीं-कहीं आगर के बीचोबीच कुआँ भी खोदते हैं। इस स्रोत से भी तालाब में पानी आता है। इसे बोगली कहते हैं। बिहार में बोगली वाले सैकड़ों तालाब हैं। बोगली का एक नाम चूहर भी है।

जल के इस आगर की, कीमती खजाने की रक्षा करती है पाल। पाल शब्द पालक से आया होगा। यह कहीं भींड कहलाया और आकार में छोटा हुआ तो पींड। भींड का भिंड भी है बिहार में। और कहीं महार भी। पुश्ता शब्द बाद में आया लगता है। कुछ क्षेत्रों में यह पार है। नदी के पार की तरह किनारे के अर्थ में। पार के साथ आर भी है—आर, पार और तालाब के इस पार से उस पार को आर-पार या पार-आर के बदले पारावार भी कहते हैं। आज पारावार शब्द तालाब या पानी से निकलकर आनंद की मात्रा बताने के लिए उपयोग में आ रहा है, पर पहले यह पानी के आनंद का पारावार रहा होगा।

पार या पाल बहुत मजबूत होती है, पर इस रखवाले की भी रखवाली न

हो तो आगौर से आगर में लगातार भरने वाला पानी इसे न जाने कब पार कर ले और तब उसका प्रचंड वेग और शक्ति उसे देखते-ही-देखते मिटा सकता है। तालाब को टूटने से बचाने वाले इस अंग का नाम है अफरा। आगर तो हुआ तालाब का पेट। यह एक सीमा तक भरना ही चाहिए, तभी तालाब का साल भर तक कोई अर्थ है। पर उस सीमा को पार कर ले तो पाल पर खतरा है। पेट पूरा भर गया, अफर गया तो अब उसे खाली करना है। यह काम अफरा करती है और पेट को फटने से, तालाब को, पाल को टूटने से बचाती है।

इस अंग के कई नाम हैं। अफरा कहीं अपरा भी हो जाता है। उबरा, ओबरा भी है, जो शायद ऊबर, उबरने, बचने-बचाने के अर्थ में बने हैं। राजस्थान में ये सब नाम चलते हैं। अच्छी बरसात हुई और तालाब में पानी इतना आया कि अपरा से निकलने लगे तो उसे अपरा चलना और मध्य प्रदेश, उत्तर प्रदेश के कई हिस्सों में इसे चादर चलना भी कहते हैं। छत्तीसगढ़ में इस

शिवसागर की कलात्मक नेष्टा

अंग का नाम है छलका—पाल को तोड़े बिना जहाँ से पानी छलक जाए।

इस अंग का पुराना नाम उच्छ्वास था—छोड़ देने के अर्थ में। निकास से यह निकासी भी कहलाता है। पर ठेठ संस्कृत से आया है नेष्टा। यह राजस्थान के थार क्षेत्र में, जैसलमेर, बीकानेर, जोधपुर में सब जगह, गाँवों में, शहरों में बिना एक मात्रा भी खोए नेष्टा ही कहलाता है। सीमा पार कर सिंध में भी यह इसी नाम से चलता है। यह दक्षिण में कालंगल है तो बुंदेलखंड में बगरन, यानी जहाँ से तालाब का अतिरिक्त पानी बगर जाए, निकल जाए।

नेष्टा को पहले वर्ष छोटा बनाते हैं। पाल से भी बहुत नीचा। नई पाल भी पानी पीएगी, कुछ धँसेगी, सो तालाब में पानी ज्यादा रोकने का लालच नहीं करते। जब एक बरसात में मामला पक्का हो जाता है तो फिर अगले वर्ष नेष्टा थोड़ा और ऊपर उठाते हैं। तब तालाब ज्यादा पानी रोक सकता है।

नेष्टा मिट्टी के कच्चे पाल का कम ऊँचा भाग है, लेकिन पानी का मुख्य जोर झेलता है। इसलिए इसे पक्का यानी पत्थर-चूने का बनाया जाता है। नेष्टा का अगल-बगल का भाग अर्धवृत्त की गोलई लिये रहता है, ताकि पानी का वेग उससे टकराकर टूट सके। इस गोलाई वाले अंग का नाम है नाका। यदि यही अंग तालाब के बदले बँधान पर बने यानी किसी छोटी नदी-नाले के प्रवाह को रोकने के लिए बनाए गए छोटे बाँध पर बने तो उसे ओड़ कहते हैं। पंखे के आकार के कारण कहीं इसे पंखा भी कहते हैं।

नेष्टा है तो शुद्ध तकनीकी अंग, लेकिन कहीं-कहीं ऐसा भी नेष्टा बनाया जाता था कि तकनीकी होते हुए भी कला-पक्ष को स्पर्श कर लेता था। जिन सिद्धहस्त गजधरों का पहले वर्णन किया गया है, उनके हाथों से ऐसे कलात्मक काम सहज ही हो जाते थे। राजस्थान के जोधपुर जिले में एक छोटा सा शहर है फलौदी। वहाँ शिवसागर नामक एक तालाब है। इसका घाट लाल पत्थर से बनाया गया है। घाट एक सीधी रेखा में चलते-चलते फिर एकाएक सुंदर सर्पाकार रूप ले लेता है। यह अर्धवृत्ताकार गोलाई तालाब से बाहर निकलने

वाले पानी का वेग काटती है। ज्यामिति का यह सुंदर खेल बिना किसी भोंड़े तकनीकी बोझ के, सचमुच खेल-खेल में ही अतिरिक्त पानी को बाहर भेजकर शिवसागर की रखवाली बड़े कलात्मक ढंग से करता है।

वापस आगौर चलें। यहीं से पानी आता है आगर में। सिर्फ पानी लाना है और मिट्टी तथा रेत को रोकना है। इसके लिए आगौर में पानी की छोटी-छोटी धाराओं को यहाँ-वहाँ से मोड़कर कुछ प्रमुख रास्तों से आगर की तरफ लाया जाता है और तालाब में पहुँचने से काफी पहले इन धाराओं पर खुरा लगाया

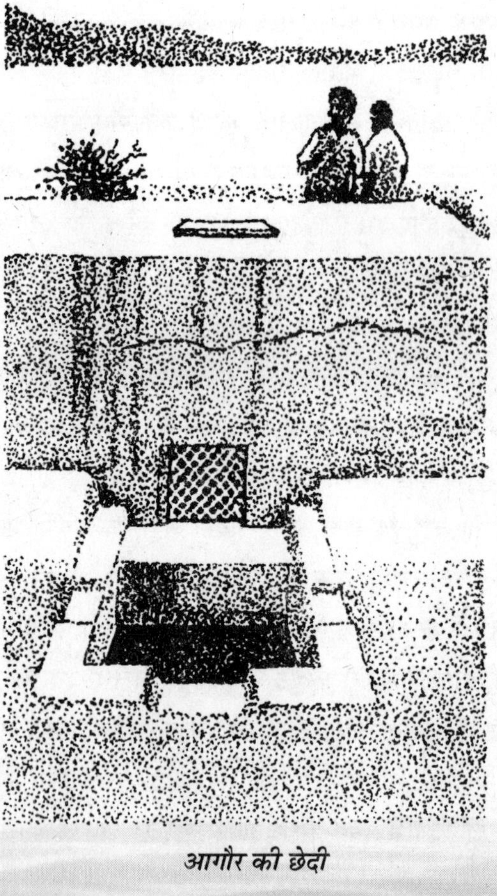

आगौर की छेदी

जाता है। शायद यह शब्द पशु के खुर से बना है—इसका आकार खुर जैसा होता है। बड़े-बड़े पत्थर कुछ इस तरह से जमा दिए जाते हैं कि उनके बीच में से सिर्फ पानी निकले, मिट्टी और रेत आदि पीछे ही जम जाएँ, छूट जाएँ।

रेगिस्तानी क्षेत्र में रेत की मात्रा मैदानी क्षेत्रों से कहीं अधिक होती है। इसलिए वहाँ तालाब में खुरा अधिक व्यवस्थित, कच्चे के बदले पक्के भी बनते हैं। पत्थरों को गारे-चूने से जमाकर बाकायदा एक ऐसी दोमंजिली पुलिया बनाई जाती है, जिसमें से ऊपरी मंजिल की खिड़कियों या छेदों से पानी आता है, उन छेदों के नीचे से एक नाली में जाता है और वहाँ पानी सारा भार कंकर-रेत आदि छोड़कर साफ होकर फिर पहली मंजिल के छेदों से बाहर निकल आगौर की तरफ बढ़ता है। कई तरह के छोटे-बड़े, ऊँचे-नीचे छेदों में पानी छानकर आगर में भेजने वाला यह ढाँचा छेदी कहलाता है।

इस तरह रोकी गई मिट्टी के भी कई नाम हैं। कहीं यह साद है, गाद है, लद्दी है, तो कहीं तलछट है। पूरी सावधानी रखने के बाद भी हर वर्ष पानी के साथ कुछ-न-कुछ मिट्टी आगर में ही आ जाती है। उसे निकालने के भी अवसर और तरीके बहुत व्यवस्थित रहे हैं। उनका ब्योरा बाद में।

अभी फिर पाल पर चलें। पाल कहीं सीधी, कहीं अर्ध-चंद्राकार, दूज के चाँद की तरह बनती है तो कहीं उसमें हमारे हाथ की कोहनी की तरह एक मोड़ होता है। यह मोड़ कोहनी ही कहलाता है। जहाँ भी पाल पर आगौर से आने वाले पानी का बड़ा झटका लग सकता है, वहाँ पाल की मजबूती बढ़ाने के लिए उस पर कोहनी दी जाती है।

जहाँ संभव है, सामर्थ्य है, वहाँ पाल और पानी के बीच पत्थर के पाट लगाए जाते हैं। पत्थर जोड़ने की क्रिया जुहाना कहलाती है। छोटे पत्थर गारे से जोड़े जाते थे और इस घोल में रेत, चूना, बेलफल (बेलपत्र), गुड़, गोंद और मेथी मिलाई जाती थी। कहीं-कहीं राल भी। बड़े वजनी पत्थर, छेद और कील पद्धति से जोड़े जाते थे। इसमें एक पत्थर में छेद छोड़ते और दूसरे में उसी

आकार की कील अटा देते थे। कभी-कभी बड़े पत्थर लोहे की पत्ती से जोड़ते थे। ऐसी पट्टी जोंकी या अकुंडी कहलाती थी। पत्थर के पाट पाल की मिट्टी को आगर में आने से रोकते हैं। पत्थरों से पटा यह इलाका पठियाल कहलाता है। पठियाल पर सुंदर मंदिर, बारादरी, छतरी और घाट बनाने का चलन है।

तालाब और पाल का आकार काफी बड़ा हो तो फिर घाट पर पत्थर की सीढ़ियाँ भी बनती हैं। कहीं बहुत बड़ा और गहरा तालाब है तो सीढ़ियों की लंबाई और संख्या भी उसी अनुपात में बढ़ जाती है। ऐसे में पाल की तरह इन सीढ़ियों को भी मजबूती देने का प्रबंध किया जाता है। ऐसा न करें तो फिर पानी सीढ़ियों को काट सकता है। इन्हें सहारा देने बीच-बीच में बुर्जनुमा, चबूतरे जैसी बड़ी सीढ़ियाँ बनाई जाती हैं। हर आठ या दस सीढ़ियों के बाद आने वाला यह ढाँचा हथनी कहलाता है।

ऐसी ही किसी हथनी की दीवार में एक बड़ा आला बनाया जाता है और

पाल की कोहनी

उसमें घटोइया बाबा की प्रतिष्ठा की जाती है। घटोइया देवता घाट की रखवाली करते हैं। प्रात: अपरा की ऊँचाई के हिसाब से इनकी स्थापना होती है। इस तरह यदि आगौर में पानी ज्यादा बरसे, आगर में पानी का स्तर लगातार ऊँचा उठने लगे, तालाब पर खतरा मँडराने लगे तो घटोइया बाबा के चरणों तक पानी आने के बाद, अपरा चल निकलेगी और पानी का बढ़ना थम जाएगा। इस तरह घाट की, तालाब की रखवाली देवता और मनुष्य मिलकर करते रहे हैं।

तालाबों की तरह नदियों के घाटों पर भी घटोइया बाबा की स्थापना होती रही है। बाढ़ के दिनों में जो बड़े-बूढ़े, दादा-दादी घाट पर खुद नहीं जा पाते, वे वहाँ वापस लौटने वाले अपने नाती-पोतों, बेटे-बेटियों से बहुत उत्सुकता के साथ प्राय: यही प्रश्न पूछते हैं, "पानी कहाँ तक चढ़ा है ? घटोइया बाबा के चरणों तक आ गया ?" उनके पाँव पखार ले तो बस सब हो गया। इतना पानी आगर में हो जाए तो फिर काम चलेगा पूरे साल।

पूरे साल आगर की जल राशि को, खजाने को आँकने-नापने का काम करते हैं उनमें अलग-अलग स्थानों पर लगने वाले स्तंभ। नागयष्टि बहुत पुराना शब्द है। यह नए खुदे तालाबों में जल स्तर नापने का काम आता था। इस पर अकसर नाग आदि उत्कीर्ण किए जाते थे। जिन पर नाग का अलंकरण नहीं हुआ, वैसे स्तंभ केवल यष्टि भी कहलाते थे। धीरे-धीरे घिसते-घिसते यही शब्द 'लाठ' बना। यह स्तंभ भी कहलाता है और जलथंब या केवल थंब भी। कहीं इसे पनसाल या पौसरा भी कहा जाता है। ये स्तंभ अलग-अलग जगह लगते हैं, लगाने के अवसर भी अलग होते हैं और प्रयोजन भी कई तरह के।

स्तंभ तालाब के बीचोबीच, अपरा पर, मोखी पर, यानी जहाँ से सिंचाई होती है, वहाँ पर तथा आगौर में लगाए जाते हैं। इनमें फुट, गज आदि नीरस निशानों के

बदले पद्म, शंख, नाग, चक्र जैसे चिह्न उत्कीर्ण किए जाते हैं। अलग-अलग चिह्न पानी की एक निश्चित गहराई की सूचना देते हैं। सिंचाई के लिए बने

तालाओं में स्तंभ के एक विशेष चिह्न तक जल स्तर उतर आने के बाद पानी का उपयोग तुरंत रोककर उसे फिर संकट के लिए सुरक्षित रखने का प्रबंध किया जाता रहा है। कहीं-कहीं पाल पर भी स्तंभ लगाए जाते हैं। पर पाल के स्तंभ के डूबने का अर्थ है 'पाले' यानी प्रलय होना।

जल राशि का मापदंड नागयष्टि

स्तंभ पत्थर के बनते थे और लकड़ी के भी। लकड़ी की जात ऐसी चुनते थे, जो मजबूत हो, पानी में सड़े-गले नहीं। ऐसी लकड़ी का एक पुराना नाम क्षत्रिय काष्ठ था। प्राय: जामुन, साल, ताड़ तथा सरई की लकड़ी इस काम में लाई जाती रही है। इनमें साल की मजबूती की कई कहावतें रही हैं, जो आज भी डूबी नहीं हैं। साल के बारे में कहते हैं कि "हजार साल खड़ा, हजार साल पड़ा और हजार साल सड़ा।" छत्तीसगढ़ के कई पुराने तालाबों में आज भी साल के स्तंभ लगे मिल जाएँगे। रायपुर के पुरातत्त्व संग्रहालय में कहावत से बाहर निकलकर आया साल के पेड़ का सचमुच सैकड़ों साल से भी पुराना एक टुकड़ा रखा है। यह एक जल स्तंभ का अंश है, जो उसी क्षेत्र में चंद्रपुर, अब जिला बिलासपुर के ग्राम किरानी में हीराबंध नामक तालाब में मिला है। हीराबंध दूसरी शताब्दी पूर्व के सातवाहनों के राज्य का है। इस पर राज्य अधिकारियों के नाम खुदे हैं, जो संभवत: उस भव्य तालाब के भरने से जुड़े समारोह में उपस्थित थे।

परिस्थिति नहीं बदले तो लकड़ी खराब नहीं होती। स्तंभ हमेशा पानी में डूबे रहते थे, इसलिए वर्षों तक खराब नहीं होते थे।

कहीं-कहीं पाल या घाट की एक पूरी दीवार पर अलग-अलग ऊँचाई पर तरह-तरह की मूर्तियाँ बनाई जाती थीं। ये प्रायः मुखाकृति होती थीं। सबसे नीचे घोड़ा तो सबसे ऊपर हाथी। तालाब का बढ़ता जलस्तर इन्हें क्रम से स्पर्श करता जाता था और सबको पता चलता जाता कि इस बार पानी कितना भर गया है। ऐसी शैली के अमर उदाहरण हैं जैसलमेर के अमर सागर की दीवार पर घोड़े, हाथी और सिंह की मूर्तियाँ।

स्तंभ और नेष्टा को एक-दूसरे से जोड़ देने पर तो चमत्कार ही हो जाता है। अलवर से कोई सौ किलोमीटर दूर अरावली की पहाड़ियों के ऊपर आबादी से काफी दूर एक तालाब है—श्याम सागर। यह संभवतः युद्ध के समय सेना की जरूरत पूरी करने के लिए 15वीं सदी में बनाया गया था। इसमें किनारे पर वरुण देवता का एक स्तंभ है। स्तंभ की ऊँचाई के हिसाब से ही उससे कोई एक फर्लांग की दूरी पर श्याम सागर की अपरा है। बढ़ते जल स्तर ने वरुण देवता के पैर छुए नहीं कि अपरा चलने लगती है और तालाब में फिर उससे ज्यादा पानी भरता नहीं। वरुण देवता कभी डूबते नहीं।

स्तंभ तालाब के जल-स्तर को बताते थे, पर तालाब की गहराई प्रायः 'पुरुष' नाप से नापी जाती थी। दोनों भुजाएँ अगल-बगल पूरी फैलाकर खड़े हुए पुरुष के एक हाथ से दूसरे हाथ तक की कुल लंबाई पुरुष या पुरुख कहलाती है। इंच फुट में यह कोई छह फीट बैठती है। ऐसे 20 पुरुष गहराई का तालाब आदर्श माना जाता रहा है। तालाब बनाने वालों की इच्छा इसी बीसी को छूना चाहती है। पर बनाने वालों के सामर्थ्य और आगौर-आगर की क्षमता के अनुसार यह गहराई कम-ज्यादा होती रहती है।

प्रायः बीसी या उससे भी ज्यादा गहरे तालाबों में पाल पर तरंगों का वेग तोड़ने के लिए आगौर और आगर के बीच टापू छोड़े जाते रहे हैं। ऐसे तालाब बनाते समय गहरी खुदाई की सारी मिट्टी पाल पर चढ़ाने की जरूरत नहीं रहती। ऐसी स्थिति में उसे और भी दूर, यानी तालाब से बाहर लाकर फेंकना

भी कठिन होता है। इसलिए बीसी जैसे गहरे तालाबों में तकनीकी और व्यावहारिक कारणों से तालाब के बीच टापू जैसे एक या एकाधिक स्थान छोड़ दिए जाते थे। इन पर खुदाई की अतिरिक्त मिट्टी भी डाल दी जाती थी। तकनीकी मजबूती और व्यावहारिक सुविधा के अलावा लबालब भरे तालाब के बीच में उभरे ये टापू पूरे दृश्य को और भी मनोरम बनाते थे।

टापू, टिपुआ, टेकरी और द्वीप जैसे शब्द तो इस अंग के लिए मिलते ही हैं, पर राजस्थान में तालाब के इस विशेष भाग को एक विशेष नाम दिया गया है—लाखेटा।

लाखेटा लहरों का वेग तो तोड़ता ही है, वह तालाब और समाज को भी जोड़ता है। जहाँ कहीं भी लाखेटा मिलते हैं, उन पर उस क्षेत्र के किसी सिद्ध संत, सती या स्मरण रखने योग्य व्यक्ति की स्मृति में सुंदर छतरी बनी मिलती है। लाखेटा बड़ा हुआ तो छतरी के साथ खेजड़ी और पीपल के पेड़ भी लगे मिलेंगे।

सबसे बड़ा लाखेटा? आज इस लाखेटा पर रेल का स्टेशन है, बस अड्डा है और एक प्रतिष्ठित माना गया औद्योगिक क्षेत्र भी बसा है, जिसमें हिंदुस्तान इलेक्ट्रो ग्रेफाइट्स जैसे भीमकाय कारखाने लगे हैं। मध्य रेलवे से भोपाल होकर इटारसी जाते समय मंडीद्वीप नामक यह स्थान एक जमाने में भोपाल ताल का लाखेटा था। कभी लगभग 250 वर्गमील में फैला यह विशाल ताल होशंगाशाह के समय में तोड़ दिया गया था। आज यह सिकुड़कर बहुत छोटा हो गया है, फिर भी इसकी गिनती देश के बड़े तालाबों में ही होती है। इसके सूखने से ही मंडीद्वीप द्वीप न रहकर एक औद्योगिक नगर बन गया है।

प्रणाली और सारणी तालाब से जुड़े दो शब्द हैं, जिन्होंने अपने अर्थों का लगातार विस्तार किया है। कभी ये तालाब आदि से जुड़ी सिंचाई व्यवस्था के लिए बनी नालियों के नाम थे। आज तो शासन की भी प्रणाली है और रेलों का समय बताने वाली सारणी भी!

सिंचाई की प्रमुख नाली जहाँ से निकलती है, वह जगह मुख है, मोखा है और मोखी भी है। मुख्य नहर रजबहा कहलाती है।

बहुत ही विशिष्ट तालाबों की रजबहा इस लोक के राज से निकलकर देवलोक को भी छू लेती थी। तब उनका नाम रामनाल हो जाता था। जैसलमेर के धुत्त रेगिस्तानी इलाके में बने घने सुंदर बगीचे 'बड़ा बाग' की सिंचाई जैतसर नामक एक बड़े तालाब से निकली रामनाल से ही होती रही है। यहाँ की अमराई और बाग सचमुच इतना घना है कि मरुभूमि में आग उगलने वाला सूरज यहाँ आता भी होगा तो सिर्फ ठंडक लेने और वह भी हरे रंग में रँगकर।

रजबहा से निकलने वाली अन्य नहरें बहतोल, बरहा, बहिया, बहा और बाह भी कहलाती हैं। पानी निकलने के रास्ते पर बाद में बस गए इलाके का नामकरण भी इन्हीं के आधार पर हुआ है। जैसे आगरा की बाह नामक तहसील।

सिंचाई के लिए बने छोटे से छोटे तालाबों में भी पानी निकालने का बहुत व्यवस्थित प्रबंध होता रहा है। पाल के किसी हिस्से में से आर-पार निकाली गई नाली का एक सिरा तालाब की तरफ से डाट लगाकर बंद रखा जाता है। जब भी पानी निकालना हो, डाट खोल दिया जाता है। लेकिन ऐसा करने में किसी को पानी में कूदना पड़ेगा, उस गहराई तक जाकर डाट हटाना होगा और फिर इसी तरह बंद करना पड़ेगा। इस साहसिक काम को सर्व सुलभ बनाता है डाट नामक अंग।

डाट पाल से तालाब के भीतर की तरफ बना एक छोटा सा, लेकिन गहरा हौजनुमा ढाँचा होता है। यह वर्गाकार हौज प्रायः दो से तीन हाथ का होता है। पानी की तरफ की दीवार में जरूरत के हिसाब से दो-तीन छेद अलग-अलग ऊँचाई पर किए जाते हैं। छेद का आकार एक बित्ता या उतना, जितना किसी लकड़ी के लट्ठे से बंद हो जाए। सामने वाली दीवार में फिर इसी तरह के छेद होते हैं, लेकिन सिर्फ नीचे की तरफ। इनसे पाल के उस पार नाली से पानी बाहर निकाला जाता है। हौज की गहराई आठ से बाहर हाथ होती है और नीचे

उतरने के लिए दीवार पर एक-एक हाथ पर पत्थर के टुकड़े लगे रहते हैं।

इस ढाँचे के कारण पानी की डाट खोलने तालाब के पानी में नहीं उतरना पड़ता। बस सूखे हौज में पत्थरों के टुकड़ों के सहारे नीचे उतरकर जिस छेद को खोलना है, उसकी डाट हटाकर पानी चालू कर दिया जाता है। पाल की तरफ वाली नाली से वह बाहर आने लगता है। डाट से मिलते-जुलते ढाँचे राजस्थान, मध्य प्रदेश, उत्तर प्रदेश, बिहार, महाराष्ट्र, तमिलनाडु और गोवा तक मिलते हैं। नाम जरूर बदल जाते हैं, जैसे—चुकरैंड, चुरंडी, चौंडा, चुंडा और उरैंड। सभी में पानी बाहर उँड़ेलने की क्रिया है और इसलिए ये सारे नाम उँड़ेलने की ही झलक दिखाते हैं।

तालाब से नजर में उँड़ेला गया पानी ढलान से बहाकर दूर-दूर ले जाया

तालाब और खेत को जोड़ती मोखी

जाता है। पर कुछ बड़े तालाबों में, जहाँ मोखी के पास पानी का दबाव बहुत ज्यादा रहता है, वहाँ इस दबाव का उपयोग नहर में पानी ऊपर चढ़ाने के लिए भी किया जाता है। इस तरह मोखी से निकला पानी कुछ हाथ ऊपर उठकर फिर नहर की ढाल पर बहते हुए न सिर्फ ज्यादा दूर तक जाता है, वह कुछ ऊपर बने खेतों में भी पहुँच सकता है।

मुख्य नहर के दोनों ओर थोड़ी-थोड़ी दूरी पर कुएँ भी बनाए जाते हैं। इनमें रहट लगाकर फिर से पानी उठा लिया जाता है। तालाब, नहर और कुआँ तथा रहट की यह शानदार चौकड़ी एक के बाद एक कई खेतों को सिंचाई से जोड़ती चलती है। यह व्यवस्था बुंदेलखंड में चंदेलों-बुंदेलों के समय बने एक-एक हजार एकड़ के बरुआ सागर, अरजन सागर में आज भी काम दे रही है। बरुआ सागर ओरछा के नरेश उदितसिंह ने और अरजन सुरजन सिंह ने क्रमशः सन् 1737 तथा 1671 में बनवाए थे। इनकी नहरें आज उत्तर प्रदेश सिंचाई विभाग की प्रतिष्ठा बढ़ा रही हैं।

पानी की तस्करी? सारा इंतजाम हो जाए पर यदि पानी की तस्करी न रोकी जाए तो अच्छा खासा तालाब देखते-ही-देखते सूख जाता है। वर्षा में लबालब भरा, शरद में साफ-सुथरे नीले रंग में डूबा, शिशिर में शीतल हुआ, बसंत में झूमा और फिर ग्रीष्म में? तपता सूरज तालाब का सारा पानी खींच लेगा। शायद तालाब के प्रसंग में ही सूरज का एक विचित्र नाम 'अंबु तस्कर' रखा गया है। तस्कर हो सूरज जैसा और आगर यानी खजाना बिना पहरे के खुला पड़ा हो तो चोरी होने में क्या देरी?

इस चोरी को बचाने की पूरी कोशिश की जाती है, तालाब के आगर को ढालदार बनाकर। जब पानी कम होने लगता है तो कम मात्रा का पानी ज्यादा क्षेत्र में फैले रहने से रोका जाता है। आगर में ढाल होने से पानी कम होते हुए भी कम हिस्से में अधिक मात्रा में बना रहता है। और जल्दी वाष्प बनकर उड़ नहीं पाता। ढालदार सतह में प्रायः थोड़ी गहराई भी रखी जाती है। ऐसे गहरे

गड्ढे को अखड़ा या पियाल कहते हैं। बुंदेलखंड के तालाबों में इसे भर कहते हैं। कहीं-कहीं इसे बंडारौ या गर्ल के नाम से भी जाना जाता है। इस अंग का स्थान मुख्य घाट की ओर रखा जाता है या तालाब के बीचोबीच। बीच में गहरा होने से गरमी के दिनों में चारों ओर से तालाब सूखने लगता है। ऐसे में पानी घाट छोड़ देता है। यह अच्छा नहीं दिखता। इसलिए मुख्य घाट की तरफ पियाल रखने का चलन ज्यादा है। तब तीन तरफ से पानी की थोड़ी-बहुत तस्करी होती रहती है, लेकिन चौथी मुख्य भुजा में पानी बराबर बना रहता है।

ग्रीष्म ऋतु बीती नहीं कि बादल फिर उमड़ने लगते हैं। आगौर से आगर भरता है और सागर फिर लहराने लगता है।

सूरज पानी चुराता है तो सूरज ही पानी देता है।

❑

साफ माथे का समाज

तालाब में पानी आता है, पानी जाता है। इस आवक-जावक का पूरे तालाब पर असर पड़ता है। वर्षा की तेज बूँदों से आगौर की मिट्टी धुलती है तो आगर में मिट्टी घुलती है। पाल की मिट्टी कटती है तो आगर में मिट्टी भरती है।

तालाब के स्वरूप के बिगड़ने का यह खेल नियमित चलता रहता है। इसलिए तालाब बनाने वाले लोग, तालाब बनाने वाला समाज तालाब के स्वरूप को बिगड़ने से बचाने का खेल भी उतने ही नियमपर्वूक खेलता रहा है। जो तालाब देखते-ही- देखते पिछले पचास-सौ बरस में नष्ट कर दिए गए हैं, उन तालाबों ने नियम से खेले गए खेलों के कारण ही कुछ सैकड़ों बरसों तक समाज का खेल ठीक से चलाया था।

पहली बार पानी भरा नहीं कि तालाब की रखवाली का, रख-रखाव का काम शुरू हो जाता था। यह आसान नहीं था। पर समाज को देश के इस कोने से उस कोने तक हजारों तालाबों को ठीक-ठीक बनाए रखना था, इसलिए उसने इस कठिन काम को हर जगह इतना व्यवस्थित बना लिया था कि यह सब बिलकुल सहज ढंग से होता रहता था।

आगौर में कदम रखा नहीं कि रख-रखाव का पहला काम देखने को मिल जाएगा। देश के कई क्षेत्रों में तालाब का आगौर प्रारंभ होते ही उसकी

सूचना देने के लिए पत्थर के सुंदर स्तंभ लगे मिलते हैं। स्तंभ को देखकर समझ लें कि अब आप तालाब के आगौर में खड़े हैं, यहीं से पानी तालाब में भरेगा। इसलिए इस जगह को साफ-सुथरा रखना है। जूते आदि पहनकर आगौर में नहीं आना है, दिशा मैदान आदि की तो बात दूर, यहाँ थूकना तक मना रहा है। 'जूते पहनकर आना मना है', 'थूकना मना है' जैसे बोर्ड नहीं ठोके जाते थे, पर सभी लोग बस स्तंभ देखकर इन बातों का पूरा-पूरा ध्यान रखते थे।

आगर के पानी की साफ-सफाई और शुद्धता बनाए रखने का काम भी पहले दिन से ही शुरू हो जाता था। नए बने तालाब में जिस दिन पानी भरता, उस दिन समारोह के साथ उसमें जीव-जंतु लाकर छोड़े जाते थे। इनमें मछलियाँ, कछुए, केकड़े और अगर तालाब बड़ा और गहरा हो तो मगर भी छोड़े जाते थे। कहीं-कहीं जीवित प्राणियों के साथ सामर्थ्य के अनुसार चाँदी या सोने तक के जीव-जंतु विसर्जित किए जाते थे। मध्य प्रदेश के रायपुर शहर में अभी कोई पचास-पचपन बरस पहले एक तालाब में सोने की नथ पहनाकर कछुए छोड़े गए थे।

पहले वर्ष पानी में कुछ विशेष प्रकार की वनस्पति भी डाली जाती थी। अलग-अलग क्षेत्र में इनका प्रकार बदलता था, पर काम एक ही था— पानी को साफ रखना। मध्य प्रदेश में यह गदिया या चीला थी तो राजस्थान में कुमुदिनी, निर्मली या चाक्षुष। चाक्षुष से ही चाकसू शब्द बना है। कोई एक ऐसा दौर आया होगा कि तालाब के पानी की साफ-सफाई के लिए चाकसू पौधे का चलन खूब बढ़ गया होगा। आज के जयपुर के पास एक बड़े कस्बे का नाम चाकसू है। यह नामकरण शायद चाकसू पौधे के प्रति कृतज्ञता जताने के लिए किया गया हो।

पाल पर पीपल, बरगद और गूलर के पेड़ लगाए जाते रहे हैं। तालाब और इन पेड़ों के बीच उम्र को लेकर हमेशा होड़ सी दिखती थी। कौन ज्यादा टिकता है—पेड़ या तालाब? लेकिन यह प्रश्न प्राय: अनुत्तरित ही रहा है। दोनों

को एक-दूसरे का लंबा संग इतना भाया है कि उपेक्षा के इस ताजे दौर में जो भी पहले गया, दूसरा शोक में उसके पीछे-पीछे चला गया है। पेड़ कटे हैं तो तालाब भी कुछ समय में सूखकर पट गया है और यदि पहले तालाब नष्ट हुआ है तो पेड़ भी बहुत दिन नहीं टिक पाए हैं।

तालाबों पर आम भी खूब लगाया जाता रहा है, पर यह पाल पर कम, पाल के नीचे की जमीन में ज्यादा मिलता है। छत्तीसगढ़ क्षेत्र में बहुत से तालाबों में शीतला माता का वास माना गया है। इसलिए ऐसे तालाबों की पाल पर नीम के पेड़ जरूर लगाए जाते रहे हैं। बिना पेड़ की पाल की तुलना बिना मूर्ति के मंदिर से भी की गई है।

बिहार और उत्तर प्रदेश के अनेक भागों में पाल पर अरहर के पेड़ भी लगाए जाते थे। इन्हीं इलाकों में नए बने तालाब की पाल पर कुछ समय तक सरसों की खली का धुआँ किया जाता था, ताकि नई पाल में चूहे आदि बिल बनाकर उसे कमजोर न कर दें।

ये सब काम ऐसे हैं, जो तालाब बनने पर एक बार करने पड़ते हैं, या बहुत जरूरी हो गया तो एकाध बार और। लेकिन तालाब में हर वर्ष मिट्टी जमा होती है। इसलिए उसे हर वर्ष निकालते रहने का प्रबंध सुंदर नियमों में बाँधकर रखा गया था। कहीं साद निकालने के कठिन श्रम को एक उत्सव, त्योहार में बदलकर आनंद का अवसर बनाया गया था तो कहीं उसके लिए इतनी ठीक व्यवस्था कर दी गई कि जिस तरह वह चुपचाप तालाब के जल में आकर बैठती थी, उसी तरह चुपचाप उसे बाहर निकालकर पाल पर जमा दिया जाता था।

साद निकालने का समय अलग-अलग क्षेत्रों में मौसम को देखकर तय किया जाता रहा है। उस समय तालाब में पानी सबसे कम रहना चाहिए। गोवा और पश्चिम घाट के तटवर्ती क्षेत्रों में यह काम दीपावली के तुरंत बाद किया जाता है। उत्तर के बहुत बड़े भाग में नववर्ष यानी चैत्र से ठीक पहले, तो

छत्तीसगढ़, उड़ीसा, बंगाल, बिहार और दक्षिण में बरसात आने से पहले खेत तैयार करते समय।

आज तालाबों से कट गया समाज, उसे चलाने वाला प्रशासन तालाब की सफाई और साद निकालने का काम एक समस्या की तरह देखता है और वह इस समस्या को हल करने के बदले तरह-तरह के बहाने खोजता है। उसके नए हिसाब से यह काम खर्चीला है। कई कलेक्टरों ने समय-समय पर अपने क्षेत्र में तालाबों से मिट्टी नहीं निकाल पाने का एक बड़ा कारण यही बताया है कि इसका खर्च इतना ज्यादा है कि उसमें तो नया तालाब बनाना सस्ता पड़ेगा। पुराने तालाब साफ नहीं करवाए गए और नए तो कभी बने ही नहीं। साद

सबके लिए सबकी मदद से बनते रहे हैं तालाब

तालाबों में नहीं, नए समाज के दिमाग में भर गई है!

तब समाज का माथा साफ था। उसने साद को समस्या की तरह नहीं बल्कि तालाब के प्रसाद की तरह ग्रहण किया था। प्रसाद को ग्रहण करने के पात्र थे किसान, कुम्हार और गृहस्थ। इस प्रसाद को लेने वाले किसान प्रति गाड़ी के हिसाब से मिट्टी काटते, अपनी गाड़ी भरते और इसे खेतों में फैला कर उनका उपजाऊपन बनाए रखते। इस प्रसाद के बदले वे प्रति गाड़ी के हिसाब से कुछ नकद या फसल का कुछ अंश ग्राम कोष में जमा करते थे। फिर इस राशि से तालाबों की मरम्मत का काम होता था। आज भी छत्तीसगढ़ में लद्दी निकालने का काम मुख्यतः किसान परिवार ही करते हैं। दूर-दूर तक साबुन पहुँच जाने के बाद भी कई घरों में लद्दी से सिर धोने और नहाने का चलन जारी है।

बिहार में यह काम उड़ाही कहलाता है। उड़ाही समाज की सेवा है, श्रमदान है। गाँव के हर घर से काम कर सकने वाले सदस्य तालाब पर एकत्र होते थे। हर घर दो से पाँच मन मिट्टी निकालता था। काम के समय वही गुड़ का पानी बँटता था। पंचायत में एकत्र हर्जाने की रकम का एक भाग उड़ाही के संयोजन में खर्च होता था।

दक्षिण में धर्मादा प्रथा थी। कहीं-कहीं इस काम के लिए गाँव की भूमि का एक हिस्सा दान कर दिया जाता था और उसकी आमदनी सिर्फ साद निकालने के लिए खर्च की जाती थी। ऐसी भूमि को 'कोडगे' कहा जाता था।

राज और समाज मिलकर कमर कस लें तो फिर किसी काम में ढील कैसे आएगी। दक्षिण में तालाबों के रख-रखाव के मामले में राज और समाज का यह तालमेल खूब व्यवस्थित था। राज के खजाने से इस काम के लिए अनुदान मिलता था पर उसी के साथ हर गाँव में इस काम के लिए एक अलग खजाना बन जाए, ऐसा भी इंतजाम था।

हर गाँव में कुछ भूमि, कुछ खेत या खेत का कुछ भाग तालाब की

व्यवस्था के लिए अलग रख दिया जाता था। इस पर लगान नहीं लगता था। ऐसी भूमि 'मान्यम्' कहलाती थी। मान्यम् से होने वाली बचत, आय या मिलने वाली फसल तालाब से जुड़े तरह-तरह के कामों को करने वाले लोगों को दी जाती थी। जितनी तरह के काम उतनी तरह के मान्यम्। जो काम जहाँ होना है वहीं उसका प्रबंध किया जाता था, वहीं उसका खर्च जुटा लिया जाता था।

अलौति मान्यम् से श्रमिकों के पारिश्रमिक की व्यवस्था की जाती थी। अणैंकरण मान्यम् पूरे वर्ष तालाब की देखरेख करने वालों के लिए था। इसी से उन परिवारों की जीविका भी चलती थी, जो तालाब की पाल पर पशुओं को जाने से रोकते थे। पाल की तरह तालाब के आगौर में भी पशुओं के आने-जाने पर रोक थी। इस काम में भी लोग साल भर लगते रहते थे। उनकी व्यवस्था बंदेला मान्यम् से की जाती थी।

तालाब से जुड़े खेतों में फसल बुवाई से कटाई तक पशुओं को रोकना एक निश्चित अवधि तक चलने वाला काम था। यह भी बंदेला मान्यम् से पूरा होता था। इसे करने वाले पट्टी कहलाते थे।

सिंचाई के समय नहर का डाट खोलना, समय पर पानी पहुँचाना एक अलग जिम्मेदारी थी। इस सेवा को नीरमुनक्क मान्यम् से पूरा किया जाता था। कहीं किसान पानी की बरबादी तो नहीं कर रहे—इसे देखने वालों का वेतन कुलमकवल मान्यम् से मिलता था।

तालाब में कितना पानी आया है, कितने खेतों में क्या-क्या बोया गया है, किसे कितना पानी चाहिए—जैसे प्रश्न नीरघंटी या नीरुकुट्टी हल करते थे। यह पद दक्षिण में सिर्फ हरिजन परिवार को मिलता था। तालाब का जल स्तर देखकर खेतों में उसके न्यायोचित बँटवारे के बारीक हिसाब-किताब की विलक्षण क्षमता नीरुकुट्टी को विरासत में मिलती थी। आज के कुछ नए समाजशास्त्रियों का कहना है कि हरिजन परिवार को यह पद स्वार्थवश दिया जाता था। इन परिवारों के पास भूमि नहीं होती थी, इसलिए भूमिवानों के खेतों में पानी के

किसी भी विवाद में निष्पक्ष होकर काम कर सकते थे। यदि सिर्फ भूमिहीन होना ही योग्यता का आधार था तो फिर भूमिहीन ब्राह्मण तो सदा मिलते रह सकते थे। लेकिन इस बात को यहीं छोड़ें और फिर लौटें मान्यम् पर।

कई तालाबों का पानी सिंचाई के अलावा पीने के काम भी आता था। ऐसे तालाबों से घरों तक पानी लेकर आने वाले कहारों के लिए उरणी मान्यम् से वेतन जुटाया जाता था।

उप्पार और वादी मान्यम् से तालाबों की साधारण टूट-फूट ठीक की जाती थी। वायक्कल मान्यम् तालाब के अलावा उनसे निकली नहरों की देखभाल में खर्च होता था। पाल से लेकर नहरों तक पर पेड़ लगाए जाते थे और पूरे वर्ष उनकी सार-सँभाल, कटाई, छँटाई आदि का काम चलता रहता था। यह सारी जिम्मेदारी मानल मान्यम् से पूरी की जाती थी।

खुलगा मान्यम् और पाटुल मान्यम् मरम्मत के अलावा क्षेत्र में बनने वाले नए तालाबों की खुदाई में होने वाले खर्च सँभालने थे।

एक तालाब से जुड़े इतने तरह के काम, इतनी सेवाएँ वर्ष भर ठीक से चलती रहें—यह देखना भी एक काम था। किस काम में कितने लोगों को लगाना है, कहाँ से कुछ को घटाना है—यह सारा संयोजन करैमान्यम् से पूरा किया जाता था। इसे कुलम वेट्टु या कण्मोई वेट्टु भी कहते थे।

दक्षिण की यह छोटा और साधारण सा वर्णन तालाब और उससे जुड़ी पूरी व्यवस्था की थाह नहीं ले सकता। यह तो अथाह है। ऐसी ही या इससे मिलती-जुलती व्यवस्थाएँ सभी हिस्सों में, उत्तर में, पूरब-पश्चिम में भी रही ही होंगी। पर कुछ तो गुलामी के उस दौर में टूटे और फिर विचित्र आजादी के इस दौर में फूटे समाज में यह सब बिखर गया।

लेकिन गैंगजी कल्ला जैसे लोग इस टूटे-फूटे समाज में बिखर गई व्यवस्था को अपने ढंग से ठीक करने आते रहे हैं।

नाम तो था गंगाजी, पर फिर न जाने कैसे वह गैंगजी हो गया। उनका

नाम स्नेह, आत्मीयता के कारण बिगड़ा था या घिसा होगा, लेकिन उनके शहर को कुछ सौ साल से घेरकर खड़े आठ भव्य तालाब ठीक व्यवस्था के टूट जाने के बाद धीरे-धीरे आ रही उपेक्षा के कारण घिसने, बिगड़ने लगे थे। अलग-अलग पीढ़ियों ने इन्हें अलग-अलग समय में बनाया था, पर आठ में से छह एक शृंखला में बाँधे गए थे। इनका रख-रखाव भी उन पीढ़ियों ने शृंखला में बँधकर ही किया होगा। सार-सँभाल की वह व्यवस्थित कड़ी फिर कभी टूट गई।

इस कड़ी के टूटने की आवाज गैंगजी के कान में कब पड़ी, पता नहीं। पर आज तो बड़े-बूढे फलौदी शहर में हैं, वे गैंगजी की एक ही छवि याद रखे हैं : टूटी चप्पल पहने गैंगजी सुबह से शाम तक इन तालाबों का चक्कर लगाते थे। नहाने वाले घाटों पर, पानी लेने वाले घाटों पर कोई गंदगी फैलाता दिखे तो उसे पिता जैसी डाँट पिलाते थे।

कभी वे पाल का तो कभी नेष्टा का निरीक्षण करते। कहाँ किस तालाब में कैसी मरम्मत चाहिए—इनकी मन-ही-मन सूची बनाते। इन तालाबों पर अपने वाले बच्चों के साथ खुद खेलते और उन्हें तरह-तरह के खेल खिलाते। शहर को तीन तरफ से घेरे खड़े तालाबों का एक चक्कर लगाने में कोई तीन घंटे लगते हैं। गैंगजी कभी पहले तालाब पर दिखते तो कभी आखिरी पर, कभी सुबह यहाँ मिलते तो दोपहर वहाँ और शाम न जाने कहाँ। गैंगजी अपने आप तालाबों के रखवाले बन गए थे।

वर्ष के अंत में एक समय ऐसा आता जब गैंगजी तालाबों के बदले शहर की गली-गली घूमते दिखते। साथ चलती बच्चों की फौज। हर घर का दरवाजा खुलने पर उन्हें बिना माँगे एक रुपया मिल जाता। बरसों से हरेक घर जानता था कि गैंगजी सिर्फ एक रुपया माँगते हैं, न कम न ज्यादा। रुपए बटोरने का काम पूरा होते ही वे पूरे शहर के बच्चों को बटोरते। बच्चों के साथ ढेर सारी टोकरियाँ, तगाड़ियाँ, फावड़े, कुदाल भी जमा हो जाते। फिर एक के बाद एक तालाब

साफ होने लगता। साद निकालकर पाल पर जमाई जाती। हरेक तालाब के नेष्टा का कचरा भी इस तरह साफ किया जाता। एक तगाड़ी मिट्टी-कचरे के बदले हर बच्चे को दुअन्नी इनाम में मिलती।

गैंगजी कल्ला कब से यह कह रहे थे—आज किसी को याद नहीं। बस इतना पता है कि यह काम सन् 55-56 तक चलता रहा। फिर गैंगजी चले गए।

शहर को वैसी किसी मृत्यु की याद नहीं। पूरा शहर शामिल था उनकी अंतिम यात्रा में। एक तालाब के नीचे ही बने घाट पर उनका अंतिम संस्कार हुआ। बाद में वहीं उनकी समाधि बनाई गई।

जो तालाब बनाते थे, समाज उन्हें संत बना देता था। गैंगजी ने तालाब तो नहीं बनाया था। पहले बने तालाबों की रखवाली की थी। वे भी संत बन गए थे।

फलौदी में तालाबों की सफाई का खेल संत खिलवाता था तो जैसलमेर में यह खेल खुद राजा खेलता था।

सभी को पहले से पता रहता था, फिर भी नगर भर में ढिंढोरा पिटता था। राजा की तरफ से वर्ष के अंतिम दिन, फाल्गुन कृष्ण चौदस को नगर के सबसे बड़े तालाब घड़सीसर पर ल्हास खेलने का बुलावा है। उस दिन राजा, उनका पूरा परिवार, दरबार, सेना और पूरी प्रजा कुदाल, फावड़े, तगाड़ियाँ लेकर घड़सीसर पर जमा होती। राजा तालाब की मिट्टी काटकर पहली तगाड़ी भरता और उसे खुद उठाकर पाल पर डालता। बस गाजे-बाजे के साथ ल्हास शुरू। पूरी प्रजा का खाना-पीना दरबार की तरफ से होता। राजा और प्रजा सबके हाथ मिट्टी में सन जाते। राजा इतने तन्मय हो जाते कि उस दिन उनके कंधे से किसी का भी कंधा टकरा सकता था। जो दरबार में भी सुलभ नहीं, आज वही तालाब के दरवाजे पर मिट्टी ढो रहा है। राजा की सुरक्षा की व्यवस्था करने वाले उनके अंगरक्षक भी मिट्टी काट रहे हैं, मिट्टी डाल रहे हैं।

ऐसे ही एक ल्हास में जैसलमेर के राजा तेजसिंह पर हमला हुआ। वे

पाल पर ही मारे गए थे। लेकिन ल्हास खेलना बंद नहीं हुआ। यह चलता रहा, फैलता रहा। मध्य प्रदेश के भील समाज में भी ल्हास खेला जाता है, गुजरात में भी ल्हास चलती है। वहाँ यह परंपरा तालाब से आगे बढ़कर समाज के ऐसे किसी भी काम से जुड़ गई थी, जिसमें सबकी मदद चाहिए।

सबके लिए सबकी मदद। इसी परंपरा से तालाब बनते थे, इसी से उनकी देखभाल होती थी। मिट्टी कटती थी, मिट्टी डलती थी। समाज का खेल ल्हास के उल्लास से चलता था।

❑

सहस्त्रनाम

उल्लास की ऊँचाई को दर्शन की गहराई से जोड़ने वाले लोग पूरे जीवन को बस पानी का एक बुदबुदा मानते रहे हैं और इस संसार को एक विशाल सागर। इसमें पीढ़ियाँ आती हैं, पीढ़ियाँ जाती हैं, युग आते हैं, युग जाते हैं, ठीक लहरों की तरह। जीवन और मृत्यु की लहरों से लहराते इस भवसागर से पार उतरने का लक्ष्य रखने वाले समाज ने तरह-तरह के तालाब बनाए हैं और बहुत रुचि के साथ उनका नामकरण किया है। ये नाम तालाबों के गुणों पर, स्वभाव पर तो कभी किसी विशेष घटना पर रखे जाते थे। इतने नाम, इतने प्रकार कि कहीं नामकरण में भाषा का कोष कम पड़े तो बोली से उधार लेते थे तो कहीं ठेठ संस्कृत तक जाते थे।

सागर, सरोवर और सर नाम चारों तरफ मिलेंगे। सागर लाड़-प्यार में सगरा भी हो जाता है और प्रायः बड़े ताल के अर्थ में काम आता है। सरोवर कहीं सरवर भी है। सर संस्कृत शब्द सरस से बना है और गाँव में इसका रस सैकड़ों बरसों से सर के रूप में मिल रहा है। आकार में बड़े और छोटे तालाबों का नामकरण पुल्लिंग और स्त्रीलिंग शब्दों की इन जोड़ियों से जोड़ा जाता रहा है : जोहड़-जोहड़ी, बंध-बंधिया, ताल-तलैया तथा पोखर-पोखरी। ये जोड़ियाँ मुख्यतः राजस्थान, मध्य प्रदेश, उत्तर प्रदेश, बिहार, बंगाल में जगह-जगह हैं और सीमा पार नेपाल में भी। पोखर संस्कृत के पुष्कर से मिला है। और स्थानों पर गाँव-गाँव में पोखर थे, लेकिन बंगाल में तो घर-घर में पोखर हुआ करते

थे। घर के पिछवाड़े में प्राय: छोटे-छोटे, कम गहराई वाले पोखर मछली पालने के काम आते थे। वहाँ तालाब के लिए पुष्करणी शब्द भी चलता रहा है। पुष्कर तो था ही। पुष्कर के बाद में आदर, श्रद्धासूचक, जी शब्द लग जाने से वह सामान्य पोखर न रहकर एक अतिविशिष्ट तालाब बन जाता है। यह राजस्थान में अजमेर के पास पुष्करजी नामक प्रसिद्ध तीर्थ क्षेत्र है। यहाँ ब्रह्माजी का मंदिर है।

सबसे अधिक प्रचलित नाम तालाब ही है, पर तालाबों के नामकरण में इस शब्द का उपयोग सबसे कम मिलता है। डिग्गी नाम हरियाणा, पंजाब और दिल्ली में चलता था। पानी रखने के छोटे हौज से लेकर बड़े तालाब तक डिग्गी नाम मिलता है। कभी दिल्ली में लालकिले के ठीक सामने लालडिग्गी नामक एक बड़ा तालाब था। अंबाला में अभी भी कई तालाब हैं और ये डिग्गी ही कहलाते हैं। डिग्गी शब्द दीघी और दीर्घिका जैसे संस्कृत शब्दों से आया है।

कुंड भी हौज जैसा ही छोटा और पक्का प्रकार है, पर कहीं-कहीं अच्छे-खासे तालाबों का नाम कुंड या हौज मिलता है। मध्य प्रदेश के खंडवा शहर में कुंड नाम से जाने गए कई तालाब हैं। हौज का उदाहरण दिल्ली का हौजखास है, जो अब तालाब से अधिक एक मोहल्ले की तरह पहचाना जाता है।

ताल कई जगह हैं, पर इसी से मिलता-जुलता शब्द चाल एक क्षेत्र में ही सीमित होकर रह गया। यह क्षेत्र है उत्तर प्रदेश के हिमालय का। इन पहाड़ी जिलों में कभी गाँव-गाँव में चाल थीं। मैदानी गाँव-शहरों में ताल आबादी के बीच या पास बनते हैं, लेकिन पहाड़ी गाँवों में चाल गाँव से कुछ दूर ऊपर बनती थीं। चालों का उपयोग सीधे पीने के लिए नहीं होता था; लेकिन इन्हीं चालों के कारण गाँव के झरने वर्ष भर चलते थे। पहाड़ों में पहली तेज बरसात के वेग को झेलने, अचानक आने वाली बाढ़ रोकने और वर्ष भर पानी चलाने के लिए चालों का चलन इतना अधिक था कि गाँव अपने ऊपर के पहाड़ों में 30 से 40 तक चाल बना लेते थे।

चाल कोई 30 कदम लंबी, इतनी ही चौड़ी और कोई चार-पाँच हाथ गहरी होती थी। यह किसी एक हिस्से के जिम्मे नहीं होती, सभी इसे बनाना जानते थे और सभी इसकी सफाई में लगते थे। ये निस्तार के काम आतीं, गाँव के पशुओं के अलावा वन्य पशुओं के लिए भी पानी जुटाती थीं।

हिमालय में चाल कहीं खाल है, कहीं तोली है तो कहीं चौरा भी। आस-पास के गाँव इन्हीं के नाम से जाने जाते हैं। जैसे उफरेंखाल या रानीचौरा और दूधातोली। ठेठ उत्तर के ये शब्द दक्षिण तक चले जाते हैं। केरल और आंध्र प्रदेश में चैर और चेरुवू शब्द तालाब के अर्थ में ही पाए जाते हैं।

चौकोर पक्के घाट से घिरे तालाब चोपरा या चौपरा और र का ड़ होकर चौपड़ा भी कहलाते हैं। चौपड़ा उज्जैन जैसे प्राचीन शहर में, झाँसी जैसे ऐतिहासिक शहर में तथा चिरगाँव जैसे साहित्यिक स्थान में भी हैं।

चौपरा से ही मिलता-जुलता एक नाम चौघरा है। चारों तरफ से अच्छे-पक्के घाटों से घिरा तालाब चौघरा कहलाता है। इसी तरह तिघरा भी है। इसमें एक तरफ, संभवत: आगौर की तरफ का भाग कच्चा छोड़ दिया जाता था। चार घाट और तीन घाट से एकदम आगे बढ़कर अठघट्टी पोखर भी होते थे यानी

लालकिले के सामने बनी थी लाल डिग्गी

आठ घाट वाले। अलग-अलग घाटों का अलग-अलग उपयोग होता था। कहीं अलग-अलग जातियों के लिए अलग-अलग घाट बना देते। इसमें स्त्री और पुरुषों के नहाने के लिए भी अलग प्रबंध होता। छत्तीसगढ़ में डौकी घाट महिलाओं के लिए तो डौका घाट पुरुषों के लिए बनते थे। कहीं गणेशजी तो कहीं माँ दुर्गा सिराई जातीं तो कहीं ताजिए। सबके अलग घाट। इस तरह के तालाबों में आठ घाट बन जाते और वे फिर अठघट्टी कहलाते थे।

अठघट्टी ताल तो दूर से चमक जाते, पर गुहिया पोखर वहाँ पहुँचने पर ही दिखते थे। गुहिया यानी गुह्य, छिपे हुए पोखर। ये आकार में छोटे होते और प्राय: बरसाती पानी के जमा होने से अपने आप बन जाते थे। बिहार में दो गाँव के बीच निर्जन क्षेत्र में अभी भी गुहिया पोखर मिलते हैं।

अपने आप बने ऐसे ही तालाबों का एक और नाम है अमहा ताल। छत्तीसगढ़ी में अमहा का अर्थ है अनायास। गाँवों से सटे घने वनों में प्राकृतिक रूप से निचली जमीन में पानी जमा हो जाता है। ढोर-डंगरों के साथ आते-जाते ऐसे तालाब अनायास ही मिल जाते हैं। उस रास्ते में प्राय: आने-जाने वाले लोग ऐसे तालाबों को थोड़ा ठीक-ठीक कर लेते हैं और उनको उपयोग में लाने लगते हैं।

अमहा का अर्थ आम तो है ही। आम के पेड़ से, बड़ी-बड़ी अमराइयों से घिरे ताल अमहा तरिया, ताल या आमा तरिया कहलाते हैं। इसी तरह अमरोहा था। आज यह एक शहर का नाम है, पर एक समय आम के पेड़ों से घिरे तालाब का नाम था। कहीं-कहीं ऐसे ताल अमराह भी कहलाते। फिर जैसे अमराह वैसे ही पिपराह—पूरी पाल पर पीपल के भव्य वृक्ष। अमराह, पिपराह में पाल पर या उसके नीचे लगे पेड़ चाहे कितने ही हों, वे गिने जा सकते हैं, पर लखपेड़ा ताल लाखों पेड़ों से घिरा रहता। यहाँ लाख का अर्थ अनगिनत से रहा है। कहीं-कहीं ऐसे तालाब को लखराँव भी कहा गया है।

लखराँव को भी पीछे छोड़े, ऐसा था भोपाल ताल। इसकी विशालता ने

चार पक्के घाटों का चौपड़ा

आस-पास रहने वालों के गर्व को कभी-कभी घमंड में बदल दिया था। कहावत में बस इसी को ताल माना : ताल तो भोपाल ताल बाकी सब तलैया! विशालतम ताल का संक्षिप्तम विवरण भी चकित करता है। 11वीं सदी में राजा भोज द्वारा बनवाया गया यह ताल 365 नालों, नदियों से भरकर 250 वर्गमील में फैलता था। मालवा के सुलतान होशंगाशाह ने 15वीं सदी में इसे सामरिक कारणों से तोड़ा। लेकिन यह काम उसके लिए युद्ध से कम नहीं निकला—और भोजताल तोड़ने के लिए होशंगाशाह को फौज ही झोंकनी पड़ी। इतनी बड़ी फौज को भी इसे तोड़ने में तीन महीने लगे। फिर तीन बरस तक ताल का पानी बहता रहा, तब कहीं जाकर तल दिखाई दिया। पर इसके आगर का दलदल 30 साल तक बना रहा। सूखने के बाद इसमें खेती शुरू हुई, तब से आज तक इसमें उम्दा किस्म का गेहूँ पैदा होता चला आ रहा है।

बड़ों की बात छोड़ें, लौटकर आएँ छोटे तालाब पर। उथले, कम गहरे, छोटे आकार के तालाब चिखलिया कहलाते थे। यह नाम चिखड़ यानी कीचड़ से बना था। ऐसे तालाबों का एक पुराना नाम डाबर भी था। आज उसका बचा रूप डबरा शब्द में देखने को मिलता है। बाई बाय भी ऐसे ही छोटे तालाबों का नाम था। बाद में यह नाम तालाब से हटकर बावड़ी में आ लगा। दिल्ली में कुतुबमीनार के पास राजों की बाय नामक बावड़ी आज इस शब्द की तरह ही

पुरानी पड़ चुकी है।

पुराने पड़ गए नामों में निवाण, ह्रद, कासार, तड़ाग, ताम्रपर्णी, ताली, तल्ल भी याद किए जा सकते हैं। इनमें तल्ल एक ऐसा नाम है, जो समय के लंबे दौर को पार कर बंगाल और बिहार में तल्ला के रूप में आज भी पाया जाता है। इसी तरह पुराना होकर डूब चुका जलाशय नाम अब सरकारी हिंदी और सिंचाई विभाग में फिर से उबर आया है। कई जगह बहुत पुराने तालाबों के पुराने नाम यदि समाज को याद रखने लायक नहीं लगे तो वे मिट जाते हैं और उन्हें फिर एक नया नाम मिल जाता : पुरनैहा, यानी काफी पुराना तालाब। आस-पास के तालाबों की गिनती में सबसे अंत में बने तालाब नौताल, नया ताल कहलाने लगते। वे पुराने भी पड़ जाते तो भी इसी नाम से जाने जाते।

गुचकुलिया ऐसे तालाब को कहते हैं जो होता तो छोटा ही है, पर जो किनारे से ही गहरा हो जाता है। पल्लव भी ऐसे ही गहरे तालाब का पुराना नाम था। समय की तेज रफ्तार में यह नाम भी पीछे छूट गया है। आज इसकी याद दिल्ली के पास एक छोटे से कस्बे और ऐसे स्टेशन पलवल के रूप में बच गई है, जिस पर रेलगाड़ियाँ बिना रुके दौड़ जाती हैं।

खदुअन छत्तीसगढ़ में ऐसे तालाबों को कहा जाता है, जिनका पानी बेहद साफ रहता है और पीने के काम में आता है। पनखत्ती तालाब केवल निस्तारी के काम आते हैं। इसी तरह लेंड्या ताल और खुर ताल निस्तारी, दिशा मैदान और पशुओं को पानी पिलाने के लिए होते हैं।

अलग-अलग स्वतंत्र रूप से बने तालाबों के अलावा कहीं-कहीं एक दूसरे से जुड़े तालाबों की साँकल बनाई जाती थी। एक का अतिरिक्त पानी दूसरे में, दूसरे का तीसरे में। यह तरीका कम वर्षा वाले राजस्थान और आंध्र के रायलसीमा क्षेत्र में, औसत ठीक वर्षा वाले बुंदेलखंड और मालवा में, तो अधिक वर्षा वाले गोवा और कोंकण में समान रूप से मिलता है। उत्तर में इनका नाम साँकल या साँखल ताल है तो दक्षिण में दशफला पद्धति।

तालाबों की यह साँखल मोटे तौर पर एकाधिक यानी दो से लेकर दस तालाबों तक जाती है। साँखल दो तालाबों की हो और दूसरा तालाब पहले के मुकाबले बहुत ही छोटा हो तो वह छिपीलाई कहलाता है। यानी पहले बड़े ताल के पीछे छिप गई तलाई।

लेकिन जो ताल सामने है और खूब सुंदर भी, उसका नाम चाहे जो हो, उसे सगुरी ताल भी कहते हैं। जिस ताल में मगरमच्छ रहते थे, उसका नाम चाहे जितने बड़े राजा के नाम पर हो, लोग अपनी सावधानी के लिए, चेतावनी के लिए उसका नाम मगर ताल, नकया या नकरा ताल रख लेते थे। नकरा शब्द संस्कृत के नक्र यानी मगर से बना है। कुछ जगह गधया ताल भी हैं। इनमें मगर की तरह गधे नहीं रहते थे! गधा बोझ ढोने का काम करता है। एक गधा मोटी रस्सी का जितना बोझ उठा सके, उतनी रस्सी की लंबाई बराबर गहरा ताल गधया ताल कहलाता था। कभी-कभी कोई दुर्घटना या घटना भी तालाब का पुराना नाम मिटा देती। यहाँ-वहाँ ब्रह्मनमारा ताल मिलते हैं। इनका नाम कुछ और रहा होगा, पर कभी उनमें किसी ब्राह्मण के साथ दुर्घटना घट गई तो बाद में उन्हें बह्मनमारा की तरह ही याद रखा गया। इसी तरह का एक और नाम है बैरागी ताल। इसकी पाल पर बैठकर कोई कभी बैरागी बन गया होगा।

नदियों के किनारे नदया ताल मिलते हैं। ऐसे ताल अपने आगौर से नहीं, नदी की बाढ़ के पानी से भरते थे। नदियों के बदले किसी पाताली स्रोत से जुड़े ताल को भूफोड़ ताल कहते थे। ऐसे तालाब उन जगहों में ज्यादा थे जहाँ भूजल का स्तर काफी ऊँचा बना रहता था। उत्तर बिहार में अभी भी ऐसे तालाब हैं और कुछ नए भी बनाए गए हैं।

रख-रखाव के अच्छे दौर में भी कभी-कभी किसी खास कारण के एकाध तालाब समाज के लिए अनुयोगी हो जाता था। ऐसे तालाब हाती ताल कहे जाते थे। हाती शब्द संस्कृत के हत शब्द से बना है और इसका अर्थ है नष्ट हो जाना। 'हत तेरे की' जैसे चालू प्रयोग में भी यह शब्द हत तेरे भाग्य

की, यानी तेरा भाग्य नष्ट हो जाए जैसे अर्थ में है। हत-प्रभ और हत-आशा यानी हताशा भी इसी तरह बने हैं। इस प्रकार हाती ताल छोड़ दिए गए तालाब के लिए अपनाया गया नया नाम था। लेकिन हाथी ताल बिलकुल अलग नाम है—ऐसा तालाब, जिसकी गहराई हाथी जितनी हो।

वापस हाती ताल लौटें। यह नाम संस्कृत से लंबी यात्रा कर थका दिखे तो सीधे बोली में से ताजे नाम निकल आते थे। फूटा ताल, फुटेरा ताल भी यहाँ-वहाँ मिल जाएँगे।

जिस तालाब पर कभी जनवासा बन गया, गाँव की दस-बारह बारातें ठहर गईं, उसका नाम बराती ताल पड़ गया था। लेकिन मिथिला (बिहार) का दुल्हा ताल एक विशेष ताल है। मिथिला सीताजी का मायका है। उनके स्वयंवर की स्मृति में यहाँ आज भी स्वयंवर होते हैं। अंतर इतना ही है कि अब वर का चयन कन्या नहीं करती, कन्यापक्ष करता है। दूल्हा ताल पर कुछ निश्चित तिथियों में कई लड़केवाले अपने लड़के लेकर जमा होते हैं। फिर कन्यापक्ष के लोग उसमें से अपनी कन्याओं के लिए योग्य वर चुन लेते हैं। छत्तीसगढ़ में भी ऐसे कुछ ताल हैं। वहाँ उनका नाम दुलहरा ताल है।

कई तालाबों के नाम लंबी कहानियों में से निकले हैं। लंबे समय तक इन तालाबों ने समाज की सेवा की है और लोगों ने लंबे समय तक इनकी लंबी कहानियों को ज्यों का त्यों याद रखा है। ऐसे तालाबों में एक विचित्र नाम है 'हा हा पंचकुमारी ताल'। बिहार में मुंगेर के पास यह तालाब एक ऊँचे पहाड़ के नीचे बना है। कहानी में राजा है, उसकी पाँच बेटियाँ हैं, जो किसी असंतोष के कारण ऊँचे पहाड़ से तालाब में डूबकर अपने प्राण दे देती हैं। उन पाँचों के शोक में तालाब का मूल नाम भी डूब गया और फिर लोगों ने उसे 'हा-हा पंचकुमारी' के नाम से ही याद रखा है आज तक।

बिहार में ही लखीसराय क्षेत्र के आस-पास कभी 365 ताल एक झटके में बने थे। कहानी बताती है कि कोई रानी थी, जो हर दिन एक नए तालाब में

स्नान करना चाहती थी। इस विचित्र आदत ने पूरे क्षेत्र को तालाबों से भर दिया। इस कहानी के कोई सौ तालाब आज भी यहाँ मिल जाएँगे और इनके कारण ही इसके इलाके का जल-स्तर उम्दा बना हुआ है।

पोखर प्राय: छोटे तालाब के लिए ही काम आता है, पर बरसाने (मथुरा) में यह एक बड़े तालाब के लिए भी प्रयुक्त हुआ है। राधाजी के हाथ की हल्दी धोने का प्रसंग है। पोखर का पानी पीला हो गया। नाम पड़ गया पीली पोखर।

रंग से स्वाद पर आएँ। महाराष्ट्र के महाड़ इलाके में एक तालाब का पानी इतना स्वादिष्ट था कि उसका नाम ही चवदार ताल यानी जायकेदार तालाब हो गया। समाज के पतन के दौर में इस तालाब पर कुछ जातियों के प्रवेश पर प्रतिबंध लग गया था। सन् 1927 में चवदार ताल से ही भीमरावजी अंबेडकर ने अछूतोद्धार का आंदोलन प्रारंभ किया था।

विचित्र तालाओं में आबू पर्वत (राजस्थान) के पास नखी सरोवर भी है, जिसके बारे में कहा जाता है कि इसे देवताओं और ऋषियों ने अपने नखों से ही खोद डाला था। जिस समाज में साधारण माने जाने वाले लोग भी तालाब बनाने में पीछे नहीं रहते थे, वहाँ देवताओं का योगदान सिर्फ एक तालाब का कैसे होता?

गढ़वाल में सहस्रनाम नामक एक क्षेत्र में सचमुच सैकड़ों तालाब हैं। हिमालय का यह इलाका 10 हजार से 13 हजार फीट की ऊँचाई पर है। यहाँ प्रकृति का एक रूप, वनस्पति विदा लेने की तैयारी करता है और दूसरा रूप हिम, अपना राज जमाने की। आस-पास दूर-दूर तक कोई आबादी नहीं है। निकटतम गाँव 5 हजार फीट नीचे है, जहाँ के लोग बताते हैं कि सहस्रताल उनने नहीं, देवताओं ने ही बनाए हैं।

जयपुर के पास बना गोला ताल विचित्र घटनाओं में से निकले तालाबों में सचमुच सचित्र वर्णन करने लायक है। यह गोल है, इसलिए गोला नहीं कहलाया। कहा जाता है कि यह एक तोप के गोले से बना था। जब जयपुर शहर नहीं

बसा था। आमेर थी राजधानी। जयगढ़ के राजा ने जयबाण नामक एक बड़ी तोप बनाई थी। इसकी मारक क्षमता बहुत अधिक थी। इसका गोला 20 मील की दूरी तक जा सकता था। तोप जयबाण जयगढ़ किले के भीतर ही बने तोप कारखाने में ढली थी। मारक क्षमता के परीक्षण के लिए इसे किले के एक बुर्ज पर चढ़ाया गया और गोला दागा गया। गोला गिरा 20 मील दूर चाकसू नामक एक स्थान पर। विस्फोट इतना बड़ा था कि एक लंबा-चौड़ा और गहरा गड्ढा बन गया। अगली बरसात में इसमें पानी भरा और फिर यह कभी सूखा नहीं।

इस तरह जयबाण तोप ने बनाया गोला ताल। जयबाण तोप फिर कभी चली नहीं। परीक्षण के बाद ही शांति स्थापित हो गई। कहते हैं कि इसके बाद किसी ने उस तरफ हमला करने की हिम्मत नहीं की। गोला ताल आज भी भरा है और चाकसू कस्बे को पानी दे रहा है। अणुबम या कहें अणुशक्ति के शांतिमय उपयोग की बात बहुत हुई थी, हमारे यहाँ भी हुई। इसी राजस्थान में पोकरन में उसका विस्फोट हुआ, पर कोई गोला तालाब नहीं बना। बनता तो

इसी जयबाण ने दागा था गोला ताल

विकिरण के कारण न बनने से भी ज्यादा नुकसान पहुँचाता।

कभी-कभी किसी इलाके में कोई एक तालाब लोगों के मन में बाकी सबसे ज्यादा छा जाता, तब उसका नाम झूमर ताल हो जाता। झूमर है सिर का आभूषण। झूमर ताल उस क्षेत्र का सिर ऊँचा कर देता। तब प्यार में जैसे बेटे को कभी-कभी बिटिया कहने लगते हैं, उसे झूमरी तलैया कहने लगते। बिलकुल भिन्न प्रसंग में एक झूमती तलैया का नाम विविध भारती के कारण घर-घर पहुँच गया था।

भारती, भाषा की विविधता, ताल-तलैया की यह विविधता समाज का माथा ऊँचा करती थी।

❑

मृगतृष्णा झुठलाते तालाब

देश भर में पानी का काम करने वाला यह माथा रेगिस्तान में मृगतृष्णा से घिर गया था।

सबसे गरम और सबसे सूखा क्षेत्र है यह। साल भर में कोई 3 से 12 इंच पानी बरसता है यहाँ। जैसलमेर, बाड़मेर और बीकानेर के कुछ भागों में कभी-कभी पूरे वर्ष में बस इतना ही पानी गिरता है, जितना देश के अन्य भागों में एक दिन गिर जाता है। सूरज भी यहीं सबसे ज्यादा चमकता है और अपनी पूरी तेजी के साथ। गरमी की ऋतु लगता है, यहीं से देश में प्रवेश करती और बाकी राज्यों में अपनी हाजिरी लगाकर फिर यहीं रम जाती है। तापमान 50 अंश न छू ले तो मरुभूमि के लोगों के मन में उसका सम्मान कम हो जाता है। भूजल भी यहीं सबसे गहरा है। जल के अभाव को ही मरुभूमि का स्वभाव माना गया है। लेकिन यहाँ के समाज ने इसे एक अभिशाप की तरह नहीं, बल्कि प्रकृति के एक बड़े खेल के हिस्से की तरह देखा, फिर वह एक कुशल पात्र की तरह सजधजकर उस खेल में शामिल हो गया।

चारों तरफ मृगतृष्णा से घिरी तपती मरुभूमि में जीवन की, एक जीवंत संस्कृति की नींव रखते समय इस समाज ने पानी से संबंधित छोटी से छोटी बात को देखा-परखा होगा। पानी के मामले में हर विपरीत परिस्थिति में उसने जीवन की रीत खोजने का प्रयत्न किया और मृगतृष्णा को झुठलाते हुए जगह-

जगह तरह-तरह के प्रबंध किए।

जहाँ तालाब नहीं, पानी नहीं, वहाँ गाँव नहीं। तालाब का काम पहले होगा, तब उसको आधार बनाकर गाँव बसेगा। मरुभूमि में सैकड़ों गाँवों का नामकरण वहाँ बने तालाबों से जुड़ा है। बीकानेर जिले की बीकानेर तहसील में 64 कोलायत तहसील में 20 और नोक्षा क्षेत्र में 123 गाँवों के नाम 'सर' पर आधारित हैं। एक तहसील लूणकरणसर के नाम में ही सर है और यहाँ अन्य 45 गाँवों का नामकरण सर पर है। बचे जिन गाँवों के नाम में सर नहीं है, उन गाँवों में भी तालाब जरूर मिलेंगे। हाँ दो-चार ऐसे भी गाँव हैं, जिनके नाम में सर है, लेकिन वहाँ सरोवर है। गाँव में सरोवर बन जाए—ऐसी इच्छा गाँव के नामकरण के समय रहती ही थी, ठीक उसी समय जैसे बेटे का नाम रामकुमार, बेटी का नाम पार्वती आदि रखते समय माता-पिता अपनी संतानों में इनके गुणों की कामना कर लेते हैं।

अधिकांश गाँवों में पूरा किया जा चुका कर्तव्य और जहाँ कहीं किसी कारण से पूरा न हो पाए, उसे निकट भविष्य में पूरा होते देखने की कामना ने मरुभूमि के समाज को पानी के मामले में एक पक्के संगठन में ढाल दिया था।

राजस्थान के ग्यारह जिलों—जैसलमेर, बाड़मेर, जोधपुर, पाली, बीकानेर, चुरु, श्रीगंगानगर, झुंझुनू, जालौर, नागौर और सीकर के मरुस्थल का विस्तार मिलता है। लेकिन मरुस्थल अपने को समेट कर सघन बनता है जैसलमेर, बाड़मेर और बीकानेर में। यहीं देश की सबसे कम वर्षा है, सबसे ज्यादा गरमी है, रेत की तेज आँधी है और पंख लगाकर यहाँ से वहाँ उड़ने वाले रेत के विशाल टीले, धीरे हैं। इन तीन जिलों में जल का सबसे ज्यादा अभाव होना चाहिए था। लेकिन मरुभूमि के इन गाँवों का वर्णन करते समय जनगणना की रिपोर्ट को भी भरोसा नहीं हो पाता कि यहाँ शत-प्रतिशत गाँवों में पानी का प्रबंध है। यह प्रबंध अधिकांश गाँवों में मरुभूमि के समाज ने अपने दम पर किया था। वह इतना मजबूत था कि उपेक्षा के ताजे लंबे दौर के बाद भी यह

किसी-न-किसी रूप में टिका हुआ है।

गजेटियर में जैसलमेर का वर्णन बहुत डरावना है : "यहाँ एक भी बारामासी नदी नहीं है। भूजल 125 से 250 फीट और कहीं-कहीं तो 400 फीट नीचे है। वर्षा अविश्वसनीय रूप से कम है, सिर्फ 16.4 सेंटीमीटर। पिछले 70 वर्षों के अध्ययन के अनुसार वर्ष के 365 दिनों में से 355 दिन सूखे गिन गए हैं। यानी 120 दिन की वर्षा ऋतु यहाँ अपने संक्षिप्ततम रूप में केवल 10 दिन के लिए आती है।

लेकिन यह सारा हिसाब-किताब कुछ नए लोगों का है। मरुभूमि के समाज ने संभवतः 10 दिन की वर्षा में करोड़ों बूँदों को देखा और फिर उनको एकत्र करने का काम घर-घर में, गाँव-गाँव में और अपने शहरों तक में किया। इस तपस्या का परिणाम सामने है।

जैसलमेर जिले में आज 515 गाँव हैं। इनमें से 53 गाँव किसी-न-किसी वजह से उजड़ चुके हैं। आबाद हैं 462। इनमें से सिर्फ एक गाँव को छोड़कर हर गाँव में पीने के पानी का प्रबंध है। उजड़ चुके गाँवों तक में यह प्रबंध कायम मिलता है। सरकार के आँकड़ों के अनुसार जैसलमेर के 99.78 प्रतिशत गाँवों में तालाब, कुएँ और अन्य स्रोत हैं। इनमें नल, ट्यूबवैल जैसे नए इंतजाम कम ही हैं। पता नहीं 1. 73 प्रतिशत गाँव का क्या अर्थ होता है। पर इस सीमांत जिले के 515 गाँवों में से इतने ही गाँवों में बिजली है। इसका अर्थ है कि बहुत सी जगह ट्यूबवैल बिजली से नहीं, डीजल तेल से चलते हैं। तेल बाहर दूर से आता है। तेल का टैंकर न आ पाए तो पंप नहीं चलेंगे, पानी नहीं मिलेगा। सबकुछ ठीक-ठीक चलता रहा तो आगे-पीछे ट्यूबवैल से जलस्तर घटेगा ही। उसे जहाँ के तहाँ थामने का कोई तरीका अभी तो नहीं है।

एक बार फिर दुहरा लें कि मरुभूमि के सबसे विकट माने गए इस क्षेत्र में 99.78 प्रतिशत गाँवों में पानी का प्रबंध है। और अपने दम पर है। इसी के साथ उन सुविधाओं को देखें, जिन्हें जुटाना नए समाज की नई संस्थाओं, मुख्यतः

सरकार की जिम्मेदारी माना जाती है : पक्की सड़कों से अभी तक केवल 19 प्रतिशत गाँव जुड़ पाए हैं, डाक आदि की सुविधा 30 प्रतिशत तक फैल पाई है। चिकित्सा आदि की देखरेख 9 प्रतिशत तक पहुँच सकी है। शिक्षा सुविधा इन सबकी तुलना में थोड़ी बेहतर है—50 प्रतिशत गाँवों में। फिर पानी पर आएँ—515 गाँवों में 675 कुएँ और तालाब हैं। इसमें तालाबों की संख्या 294 है।

सूरज आज भी घड़सीसर में मन भर सोना उँड़ेल रहा है

जिसे नए लोगों ने निराशा का क्षेत्र माना, वहाँ सीमा के छोर पर, पाकिस्तान से थोड़ा पहले आसूताल यानी आस का ताल है। जहाँ तापमान 50 अंश छू लेता है। वहाँ शितलाई शीतल तलाई है और जहाँ बादल सबसे ज्यादा धोखा देते हैं, वहाँ बदरासर भी है। लेकिन ऐसी बात नहीं है कि मरुभूमि में पानी का कष्ट नहीं रहा है। लेकिन यहाँ समाज ने उस कष्ट का रोना नहीं रोया। उन्होंने इस कष्ट को कुछ सरल बना लेने की आस रखी और उस आस के आधार पर अपने को इस तरह के संगठन में ढाल लिया कि एक तरफ पानी की हर बूँद का संग्रह किया और दूसरी तरफ उसका उपयोग खूब किफायत और समझदारी से किया।

संग्रह और किफायत के इस स्वभाव को न समझ पाने वाले गजेटियर और जिनका वे प्रतिनिधित्व करते हैं, उस राज और समाज को यह क्षेत्र वीरान, बीभत्स, स्फूर्तिहीन और जीवनहीन दिखता है। लेकिन गजेटियर में यह सब लिख जाने वाला भी जब घड़सीसर पहुँचा है तो वह भूल जाता है कि वह मरुभूमि की यात्रा पर है।

कागज में, पर्यटन के नक्शों में जितना बड़ा शहर जैसलमेर है, लगभग उतना ही बड़ा तालाब घड़सीसर है। कागज की तरह मरुभूमि में भी ये एक-दूसरे से सटे खड़े हैं—बिना घड़सीसर के जैसलमेर नहीं होता। लगभग 800 बरस पुराने इस शहर के कोई 700 बरस, उनका एक-एक दिन घड़सीसर की एक-एक बूँद से जुड़ा रहा है।

रेत का एक विशाल टीला सामने खड़ा है। पास पहुँचने पर भी समझ नहीं आएगा कि यह टीला नहीं, घड़सीसर की ऊँची-पूरी, लंबी-चौड़ी पाल है। जरा और आगे बढ़ें तो दो बुर्ज और पत्थर पर सुंदर नक्काशी के पाँच झरोखों और दो छोटी और एक बड़ी पोल का प्रवेशद्वार सिर उठाए खड़ा दिखेगा। बड़ी और छोटी पोलों के सामने नीला आकाश झलकता है। जैसे-जैसे कदम आगे बढ़ते जाते हैं, प्रवेशद्वार से दिखने वाली झलक में नए-नए दृश्य जुड़ते जाते हैं। यहाँ तक पहुँचकर समझ में आएगा कि पोल से जो नीला आकाश दिख रहा था, वह तो सामने फैला नीला पानी है। फिर दाईं-बाईं तरफ सुंदर पक्के घाट, मंदिर, पठियाल, बारादरी, अनेक स्तंभों से सजे बरामदे, कमरे तथा और न जाने क्या-क्या जुड़ जाता है। हर क्षण बदलने वाले दृश्य पर जब तालाब के पास पहुँचकर विराम लगता है, तब आँखें सामने दिख रहे सुंदर दृश्य पर कहीं एक जगह टिक नहीं पातीं। हर क्षण पुतलियाँ घूम-घूमकर उस विचित्र दृश्य को नाप लेना चाहती हैं।

पर आँखें इसे नाप नहीं पातीं। तीन मील लंबे और कोई एक मील चौड़े आगर वाले इस तालाब का आगौर 120 वर्गमील क्षेत्र में फैला हुआ है। इसे

जैसलमेर के राजा महारावल घड़सी ने विक्रम संवत् 1391 में यानी सन् 1335 में बनाया था। दूसरे राजा तालाब बनवाया करते थे, लेकिन घड़सी ने तो इसे खुद बनाया था। महारावल रोज ऊँचे किले से उतरकर यहाँ आते और खुदाई, भराई आदि हरेक काम की देखरेख करते। यों वह दौर जैसलमेर राज के लिए भारी उथल-पुथल का दौर था। भाटी वंश गद्दी की छीनाझपटी के लिए भीतरी कलह, षड्यंत्र और संघर्ष से गुजर रहा था। मामा अपने भानजे पर घात लगाकर आक्रमण कर रहा था, सगे भाई का देश निकाला दिया जा रहा था तो कहीं किसी के प्याले में जहर घोला जा रहा था।

राजवंश में आपसी कलह तो थी ही, उधर राज और शहर जैसलमेर भी चाहे जब देशी-विदेशी हमलावरों से घिर जाता था। जब-तब पुरुष वीरगति को प्राप्त होते और स्त्रियाँ जौहर की ज्वाला में अपने को स्वाहा कर देतीं।

ऐसे धधकते दौर में खुद घड़सी ने राठौरों की सेना की मदद से जैसलमेर पर अधिकार किया था। इतिहास की किताबों में घड़सी का काल जय-पराजय, वैभव पराभव, मौत के घाट और समर सागर जैसे शब्दों से भरा पड़ा है।

तब भी यह सागर बन रहा था। वर्षों की इस योजना पर काम करने के लिए घड़सी ने अपार धीरज और अपार साधन जुटाए, और फिर इसकी सबसे बड़ी कीमत भी चुकाई थी। पाल बन रही थी, महरावल पाल पर खड़े होकर सारा काम देख रहे थे। राज परिवार में चल रहे भीतरी षड्यंत्र ने पाल पर खड़े घड़सी पर घातक हमला किया। राजा की चिता पर रानी का सती हो जाना उस समय का चलन था। लेकिन रानी विमला सती नहीं हुईं। राजा का सपना रानी ने पूरा किया।

रेत के इस सपने में दो रंग हैं। नीला रंग है पानी का और पीला रंग है तीन-चार मील के तालाब की कोई आधी गोलाई में बने घाट, मंदिरों, बुर्ज और बारादरी का। लेकिन यह सपना दिन में दो बार बस केवल एक ही रंग में रँगा दिखता है। उगते और डूबते समय सूरज घड़सीसर में मनभर पिघला सोना

उँड़ेल देता है। मन-भर यानी माप-तौल वाला मन नहीं, सूरज का मन भर जाए इतना!

लोगों ने भी घड़सीसर में अपने-अपने सामर्थ्य से सोना डाला था। तालाब राजा का था, पर प्रजा उसे सँवारती, सजाती चली गई। पहले दौर में बने मंदिर, घाट और जलमहल का विस्तार होता गया। जिसे जब भी जो कुछ अच्छा सूझा, उसे उसने घड़सीसर में न्योछावर कर दिया। घड़सीसर राजा-प्रजा की उस जुगलबंदी में एक अद्‌भुत गीत बन गया था।

एक समय घाट पर पाठशालाएँ भी बनीं। इनमें शहर और आस-पास के गाँवों के छात्र आकर रहते थे और वहीं गुरु से ज्ञान पाते थे। पाल पर एक तरफ छोटी-छोटी रसोइयाँ और कमरे भी हैं। दरबार में, कचहरी में जिनका कोई काम अटकता, वे गाँवों से आकर यहीं डेरा जमाते। नीलकंठ और गिरधारी के मंदिर बने। यज्ञशाला बनी। जमालशाह पीर की चौकी बनी। सब एक घाट पर। काम-धंधे के कारण मरुभूमि छोड़कर देश में कहीं और जा बसे परिवारों का मन भी घड़सीसर में अटका रहता। इसी क्षेत्र से मध्य प्रदेश के जबलपुर में

पहले जल और अन्न से भरता है जैतसर

जाकर रहने लगे सेठ गोविंददास के पुरखों ने यहाँ लौटकर पठसाल पर एक भव्य मंदिर बनवाया था।

पानी तो शहर भर का यहीं से जाता था। यों तो दिन भर यहाँ से पानी भरा जाता, लेकिन सुबह और शाम तो सैकड़ों पनिहारिनों का मेला लगता। यह दृश्य शहर में नल आने से पहले तक रहा है। सन् 1919 में घड़सीसर पर उम्मेदसिंहजी महेता की एक गज़ल ऐसे दृश्यों का बहुत सुंदर वर्णन करती है। भादों की कजली-तीज के मेले पर सारा शहर सज-धजकर घड़सीसर आ जाता। सिर्फ नीले और पीले रंग के इस तालाब में तब प्रकृति के सब रंग छिटक जाते।

घड़सीसर के लोगों का प्रेम एकतरफा नहीं था। लोग घड़सीसर आते, घड़सीसर भी लोगों तक जाता था और उनके मन में बस जाता। दूर सिंध में रहने वाली टीलों नामक गणिका के मन ने संभवतः ऐसे ही किसी क्षण में कुछ निर्णय ले लिए थे।

तालाब पर मंदिर, घाट-पाट सभी कुछ था। ठाट में कोई कमी नहीं थी। फिर भी टीलों को लगा कि इतने सुनहरे सरोवर का एक सुनहरा प्रवेशद्वार भी होना चाहिए। टीलों ने घड़सीसर के पश्चिमी घाट पर 'पोल' यानी प्रवेशद्वार बनाना तय कर लिया। पत्थर पर बारीक नक्काशी वाले सुंदर झरोखों से युक्त विशाल द्वार अभी पूरा हो ही रहा था कि कुछ लोगों ने महाराज के कान भरे, 'क्या आप एक गणिका द्वारा बनाए गए प्रवेशद्वार में घड़सीसर में प्रवेश किया करेंगे।' विवाद शुरू हो गया। उधर द्वार पर काम चलता रहा। एक दिन राजा ने इसे गिराने का फैसला ले लिया। टीलों को खबर लगी। रातोरात टीलों ने प्रवेशद्वार की सबसे ऊँची मंजिल में मंदिर बनवा दिया। महारावल ने अपना निर्णय बदला। तब से पूरा शहर इसी सुंदर पोल से तालाब में प्रवेश करता है और बड़े जतन से इसे टीलों के नाम से ही याद रखे है।

टीलों की पोल के ठीक सामने तालाब की दूसरी तरफ परकोटेनुमा एक

गोल बुर्ज है। तालाबों के बाहर तो अमराई, बगीचे आदि होते ही हैं, पर इस बुर्ज में तालाब के भीतर बगीची बनी है, जिसमें लोग गोठ करने यानी आनंद-मंगल मनाने आते रहते थे। इसी के साथ पूरब में एक और बड़ा गोल परकोटा है। इसमें तालाब की रक्षा करने वाली फौज की टुकड़ी रहती थी। देशी-विदेशी शत्रुओं से घिरा राज पूरी आबादी को पानी देने वाले इस तालाब की सुरक्षा का भी पक्का प्रबंध रखता था।

मरुभूमि में पानी कितना भी कम बरसता हो, घड़सीसर का आगौर अपने मूलरूप में इतना बड़ा था कि वह वहाँ की एक-एक बूँद को समेटकर तालाब को लबालब भर देता था। तब तालाब की रखवाली फौज की टुकड़ी के हाथ से निकलकर नेष्टा के हाथ में आ जाती। नेष्टा चलता और इतने विशाल तालाब को तोड सकने वाले अतिरिक्त पानी को बाहर बहाने लगता। लेकिन यह 'बहाना' भी बहुत विचित्र था। जो लोग एक-एक बूँद एकत्र कर घड़सीसर भरना जानते थे, वे उसके अतिरिक्त पानी को केवल पानी नहीं जलराशि मानते थे। नेष्टा से निकला पानी आगे एक और तालाब में जमा कर लिया जाता था। नेष्टा तब भी नहीं रुकता तो इस तालाब का नेष्टा भी चलने लगता। फिर उससे भी एक और तालाब भर जाता। यह सिलसिला आसानी से भरोसा नहीं होगा, पूरे नौ तालाबों तक चलता रहता। नौताल, गोविंदसर, जोशीसर, गुलाबसर, भाटियासर, सूदासर, मोहतासर, रतनसर और फिर किसनघाट। यहाँ तक पहुँचने पर भी पानी बचता तो किसनघाट के बाद उसे कई बेरियों में, यानी छोटे-छोटे कुएँनुमा कुंडों में भरकर रख लिया जाता। पानी की एक-एक बूँद जैसे शब्द और वाक्य घड़सीसर से किसनघाट तक के सात मील लंबे क्षेत्र में अपना ठीक अर्थ पाते थे।

लेकिन आज जिनके हाथ में जैसलमेर है, राज है, वे घड़सीसर का ही अर्थ भूल चले हैं तो उसके नेष्टा से जुड़े नौ तालाबों की याद उन्हें भला कैसे रहेगी। घड़सीसर के आगौर में वायुसेना का हवाई अड्डा बन गया है। इसलिए

आगौर के इस हिस्से का पानी अब तालाब की ओर न आकर कहीं और बह जाता है। नेष्टा और उसके रास्ते में पड़ने वाले नौ तालाबों के आस-पास भी बेतरतीब बढ़ते शहर के मकान, नई गृह निर्माण समितियाँ और तो और पानी का ही नया काम करने वाला इंदिरा नहर प्राधिकरण का दफ्तर, उसमें काम करने वालों की कॉलोनी बन गई।

घाट, पठसाल, पाठशालाएँ, रसोई, बरामदे, मंदिर ठीक सार-सँभाल के अभाव में धीरे-धीरे टूट चले हैं। आज शहर ल्हास का वह खेल भी नहीं खेलता, जिसमें राजा-प्रजा सब मिलकर घड़सीसर की सफाई करते थे, साद निकालते थे। तालाब के किनारे स्थापित पत्थर का जलस्तंभ भी थोड़ा सा हिलकर एक तरफ झुक गया है। रखवाली करने वाली फौज की टुकड़ी के बुर्ज के पत्थर भी ढह गए हैं।

फिर भी 668 बरस पुराना घड़सीसर मरा नहीं है। बनाने वालों ने उसे समय के थपेड़े सह जाने लायक मजबूती दी थी। रेत की आँधियों के बीच अपने तालाबों की उम्दा सार-सँभाल की परंपरा डालने वालों को शायद इसका अंदाज नहीं था कि कभी उपेक्षा की आँधी भी चलेगी। लेकिन इस आँधी को

तालाब के किनारे बनते हैं कुएँ

भी घड़सीसर और उसे आज भी चाहने वाले लोग बहुत धीरज के साथ सह रहे हैं। तालाब पर पहरा देने वाली फौजी टुकड़ी आज भले ही नहीं हो, लोगों के मन का पहरा आज भी है।

पहली किरन के साथ मंदिरों की घंटियाँ बजती हैं। दिन भर लोग घाटों पर आते-जाते हैं। कुछ लोग यहाँ घंटों मौन बैठे-बैठे घड़सीसर को निहारते रहते हैं तो कुछ गीत गाते और रावण हत्था, एक तरह की सारंगी, बजाते हुए मिलते हैं।

पनिहारिनें आज भी घाटों पर आती हैं। पानी ऊँटगाड़ियों से भी जाता है, और दिन में कई बार ऐसी टैंकर गाड़ियाँ भी यहाँ देखने मिल जाती हैं, जिनमें घड़सीसर से पानी भरने के लिए डीजल पंप तक लगा रहता है।

घड़सीसर आज भी पानी दे रहा है। इसीलिए सूरज आज भी उगते और डूबते समय घड़सीसर में मन भर सोना उँड़ेल जाता है।

घड़सीसर मानक बन चुका था। उसके बाद किसी और तालाब को बनाना बहुत कठिन रहा होगा। पर जैसलमेर में हर सौ-पचास बरस के अंतर पर तालाब बनते रहे—एक से एक, मानक के साथ मोती की तरह गुँथे हुए।

घड़सीसर से कोई 175 बरस बाद बना था जैतसर। यह था तो बंधनुमा तालाब ही, पर अपने बड़े बगीचे के कारण बाद में बस इसे 'बड़ा बाग' की तरह ही याद रखा गया। इस पत्थर के बाँध ने जैसलमेर के उत्तरी तरफ खड़ी पहाड़ियों से आने वाला सारा पानी रोक लिया है। एक तरफ जैतसर है और दूसरी तरफ उसी पानी से सिंचित बड़ा बाग। दोनों का विभाजन करती है बाँध की दीवार। लेकिन यह दीवार नहीं, अच्छी-खासी चौड़ी सड़क लगती है, जो घाटी पार कर सामने की पहाड़ी तक जाती है। दीवार के नीचे बनी सिंचाई नाली का नाम है राम नाल।

राम नाल नहर बाँध की तरफ सीढ़ीनुमा है। जैतसर में पानी स्तर ज्यादा हो या कम, नहर का सीढ़ीनुमा ढाँचा पानी को बड़े बाग की तरफ उतारता

रहता है। बड़ा बाग में पहुँचने पर राम नाल राम नाम की तरह कण-कण में बँट जाती है। नहर के पहले छोर पर एक कुआँ भी है। पानी सूख जाए, नहर बंद हो जाए तो रिसन से भरे कुएँ का उपयोग होने लगता है। उधर बाँध के उस पार आगर का पानी सूखते ही उसमें गेहूँ बो दिया जाता है। तब बाँध की दीवार के दोनों ओर बस हरा ही हरा दिखता है।

हरा बाग सचमुच बहुत बड़ा है। विशाल और ऊँची अमराई तथा उसके साथ-साथ तरह-तरह के पेड़-पौधे। अधिक वर्षा वाले क्षेत्रों में, वहाँ भी प्राय: नदी के किनारे मिलने वाला अर्जुन का पेड़ भी बड़ा बाग में मिल जाएगा। बड़ा बाग में सूरज की किरणें पेड़ों की पत्तियों में अटकी रहती हैं, हवा चले, पत्तियाँ हिलें तो मौका पाकर किरणें नीचे छन-छनकर टपती रहती हैं। बाँध के उस पार पहाड़ियों पर राजघराने का श्मशान है। यहाँ दिवंगतों की स्मृति में असंख्य सुंदर छतरियाँ बनी हैं।

अमर सागर घड़सीसर से 325 साल बाद बना। किसी और दिशा में बरसने वाले पानी को रोकना मुख्य कारण रहा ही होगा, लेकिन अमर सागर बनाने वाले संभवत: यह भी जताना चाहते थे कि उपयोगी और सुंदर तालाबों को बनाते रहने की इच्छा अमर है। पत्थर के टुकड़ों को जोड़-जोड़कर कितना बेजोड़ तालाब बन सकता है—अमर सागर इसका अद्‌भुत उदाहरण है। तालाब की चौड़ाई की एक भुजा सीधी खड़ी ऊँची दीवार से बनाई गई है। दीवार पर जुड़ी सुंदर सीढ़ियाँ झरोखों और बुर्ज में से होती हुई नीचे तालाब में उतरती हैं। इसी दीवार के बड़े सपाट भाग में अलग-अलग ऊँचाई पर पत्थर के हाथी-घोड़े बने हैं। ये सुंदर सजी-धजी मूर्तियाँ तालाब का जलस्तर बताती हैं। अमर सागर का आगौर इतना बड़ा नहीं है कि वहाँ से साल भर का पानी जमा हो जाए। गरमी आते-आते तालाब सूखने लगता। इसका अर्थ था कि जैसलमेर के लोग इतने सुंदर तालाब को उस मौसम में भूल जाएँ, जिसमें पानी की सबसे ज्यादा जरूरत रहती!

जैसलमेर के शिल्पियों ने यहाँ कुछ ऐसे काम किए, जिनसे शिल्पशास्त्र में कुछ नए पन्ने जुड़ सकते हैं। यहाँ तालाब के तल में सात सुंदर बेरियाँ बनाई गईं। बेरी यानी एक तरह की बावड़ी। यह पगबाब भी कहलाती है। पगबाब शब्द पगवाह से बना है। वाह या बाय या बावड़ी। पगबाब यानी जिसमें पानी तब पग, पग, पैदल ही पहुँचा जा सके। तालाब का पानी सूख जाता है, लेकिन उसके रिसाव से भूमि का जल स्तर ऊपर उठ जाता है। इसी साफ छने पानी से बेरियाँ भरी रहती हैं। बेरियाँ भी ऐसी बनी हैं कि ग्रीष्म में अपना जल खो बैठा अमर सागर अपनी सुंदरता नहीं खो देता। सभी बेरियों पर पत्थर के सुंदर चबूतरे, स्तंभ, छतरियाँ और नीचे उतरने के लिए कलात्मक सीढ़ियाँ। गरमी में, बैसाख में भी मेला भरता है और बरसात में, भादों में भी। सूखे अमर सागर में ये बेरियाँ किसी महल के टुकड़े लगती हैं और जब यह भर जाता है तो लगता है कि तालाब में छतरीदार बड़ी-बड़ी नावें तैर रही हैं।

जैसलमेर मरुभूमि का एक ऐसा राज रहा है, जिसका व्यापारी दुनिया में डंका बजता था। फिर मंदी का दौर भी आया, पर जैसेलमेर और उसके आस-पास तालाब बनाने का काम मंदा नहीं पड़ा। गजरूप सागर, मूल सागर, गंगा सागर, गुलाब तालाब और ईसरलालजी का तालाब—एक के बाद एक तालाब बनते चले गए। यह कड़ी अंग्रेजों के आने तक टूटी नहीं थी।

इस कड़ी की मजबूती सिर्फ राजाओं, रावलों, महारावलों पर नहीं छोड़ी गई थी। समाज के वे अंग भी, जो आज की परिभाषा में आर्थिक रूप से कमजोर माने जाते हैं, तालाबों की कड़ी को मजबूत बनाए रखते थे।

मेघा ढोर चराया करता था। यह किस्सा 500 बरस पहले का है। पशुओं के साथ मेघा भोर सुबह निकल जाता। कोसों तक फैला सपाट रेगिस्तान मेघा दिन भर का पानी अपने साथ एक कुपड़ी, मिट्टी की चपटी सुराही में ले जाता। शाम वापस लौटता। एक दिन कुपड़ी में थोड़ा सा पानी बच गया। मेघा को न जाने क्या सूझा, उसने एक छोटा सा गड्ढा किया, उसमें कुपड़ी का पानी

सुंदर तालाबों की अमर इच्छा का अमर सागर

डाला और आक के पत्तों से गड्ढे को अच्छी तरह ढक दिया। चराई का काम। आज यहाँ, कल कहीं और। मेघा दो दिन तक उस जगह पर नहीं जा सका। वहाँ वह तीसरे दिन पहुँच पाया। उत्सुक हाथों ने आक के पत्ते धीरे से हटाए। गड्ढे में पानी तो नहीं था, पर ठंडी हवा आई। मेघा के मुँह से शब्द निकला—'भाप'। मेघा ने सोचा कि यहाँ इतनी गरमी में थोड़े से पानी की नमी बची रह सकती है तो फिर यहाँ तालाब भी बन सकता है।

मेघा ने अकेले ही तालाब बनाना शुरू किया। अब वह रोज अपने साथ कुदाल-तगाड़ी भी लाता। दिन भर अकेले मिट्टी खोदता और पाल पर डालता। गाएँ भी वहीं आस-पास चरती रहतीं। भीम जैसी शक्ति नहीं थी, लेकिन भीम की शक्ति जैसा संकल्प था मेघा के पास। दो वर्ष तक वह अकेले ही लगा रहा। सपाट रेगिस्तान में पाल का विशाल घेरा अब दूर से ही दिखने लगा था। पाल की खबर गाँव को भी लगी।

अब रोज सुबह गाँव से बच्चे और दूसरे लोग भी मेघा के साथ आने लगे। सब मिलकर काम करते। 12 साल हो गए थे, अब भी विशाल तालाब पर काम चल रहा था। लेकिन मेघा की उमर पूरी हो गई। पत्नी सती नहीं हुई। अब तालाब पर मेघा के बदले वह काम करने आती। छह महीने में तालाब पूरा हुआ।

भाप के कारण बनना शुरू हुआ था, इसलिए इस जगह का नाम भी भाप पड़ा, जो बाद में बिगड़कर बाप हो गया। चरवाहे मेघा को, समाज ने मेघोजी की तरह याद रखा और तालाब की पाल पर ही उनकी सुंदर छतरी और उनकी पत्नी की स्मृति में वहीं एक देवली बनाई गई।

बाप बीकानेर-जैसलमेर के रास्ते में पड़ने वाला छोटा सा कस्बा है। चाय

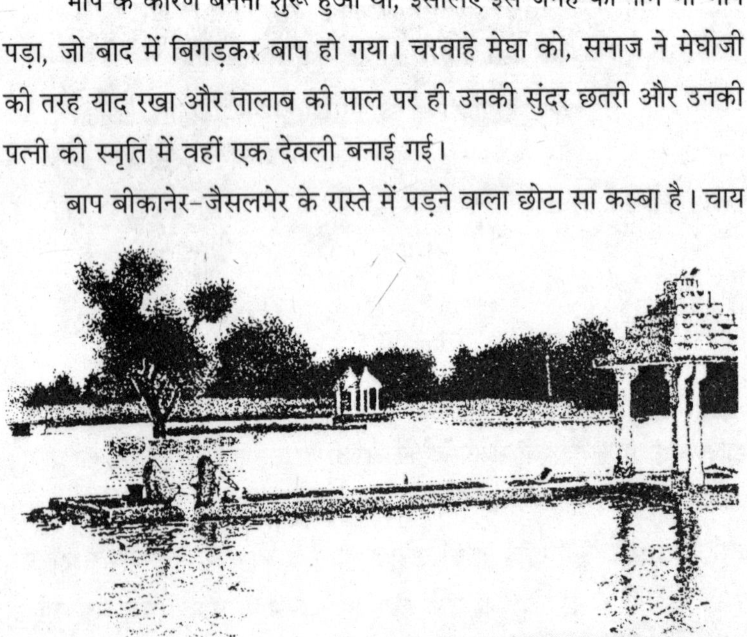

अमर सागर की 'तैरती बेरियाँ'

और कचौरी की 5-7 दुकानों वाला अड्डा है। बसों से तिगुनी ऊँची पाल अड्डे के बगल में खड़ी है। मई-जून में पाल के इस तरफ लू चलती है, उस तरफ मेघोजी के तालाब में लहरें उठती हैं। बरसात के दिनों में तो तालाब में लाखेटा (द्वीप) 'लग' जाता है। तब पानी 4 मील में फैल जाता है।

मेघ और मेघराज भले ही यहाँ कम आते हों, लेकिन मरुभूमि में मेघोजी जैसे लोगों की कमी नहीं रही। पानी के मामले में इतना योग्य बन चुका समाज अपनी योग्यता को, कौशल को अपना बताकर घमंड नहीं करता। वह विनम्र भाव से इसका पूरा श्रेय भगवान् को सौंपकर सिर झुका लेता है। कहते हैं कि महाभारत का युद्ध समाप्त हो जाने के बाद श्रीकृष्ण कुरुक्षेत्र में अर्जुन को साथ लेकर द्वारिका जा रहे थे। उनका रथ मरुप्रदेश पार कर रहा था। आज के जैसलमेर के पास त्रिकूट पर्वत पर उन्हें उत्तुंग ऋषि तपस्या करते हुए मिले। श्रीकृष्ण ने उन्हे प्रणाम किया और फिर वर माँगने को कहा। उत्तुंग का अर्थ है ऊँचा। सचमुच ऋषि ऊँचे थे। उन्होंने अपने लिए कुछ नहीं माँगा। प्रभु से प्रार्थना की कि यदि मेरे कुछ पुण्य हैं तो भगवन् वर दें कि इस क्षेत्र में कभी जल का अभाव न रहे।

मरुभूमि के समाज ने इस वरदान को एक आदेश की तरह लिया और अपने कौशल से मृगतृष्णा को झुठला दिया।

❑

तालाब बाँधता धरम सुभाव

जो समाज को जीवन दे, उसे निर्जीव कैसे माना जा सकता है? तालाबों में, जलस्रोत में जीवन माना गया और समाज ने उनके चारों ओर अपने जीवन को रचा। जिसके साथ जितना निकट का संबंध, जितना स्नेह, मन उसके उतने ही नाम रख लेता है। देश के अलग-अलग राज्यों में, भाषाओं में, बोलियों में तालाब के कई नाम हैं। बोलियों के कोष में, उनके व्याकरण के ग्रंथों में, पर्यायवाची शब्दों की सूची में तालाब के नामों का एक भरा-पूरा परिवार देखने मिलता है। डिंगल भाषा के व्याकरण का एक ग्रंथ हमीर नाम-माला तालाबों के पर्यायवाची नाम तो गिनाता ही है, साथ ही उनके स्वभाव का भी वर्णन करते हुए तालाबों को 'धरम सुभाव' कहता है।

लोक धरम सुभाव से जुड़ जाता है। प्रसंग सुख का हो तो तालाब बन जाएगा। प्रसंग दुःख का भी हो तो तालाब बन जाएगा। जैसलमेर, बाड़मेर में परिवार में साधन कम हों, पूरा तालाब बनाने की गुंजाइश न हो तो उन सीमित साधनों का उपयोग पहले से बने किसी तालाब की पाल पर मिट्टी डालने, छोटी-मोटी मरम्मत करने में होता था। मृत्यु किस परिवार में नहीं आती? हर परिवार अपने दुःखद प्रसंग को समाज के सुख के लिए तालाब से जोड़ देता था।

पूरे समाज पर दुःख आता, अकाल पड़ता तब भी तालाब बनाने का काम होता। लोगों को तात्कालिक राहत मिलती और पानी का इंतजाम होने से बाद

में फिर कभी आ सकने वाले इस दुःख को सह सकने की शक्ति समाज में बनती थी। बिहार के मधुबनी इलाके में छठवीं सदी में आए एक बड़े अकाल के समय पूरे क्षेत्र के गाँवों ने मिलकर 63 तालाब बनाए थे। इतनी बड़ी योजना बनाने से लेकर उसे पूरी करने तक के लिए कितना बड़ा संगठन बना होगा, कितने साधन जुटाए गए होंगे—नए लोग, नई सामाजिक और राजनैतिक संस्थाएँ, इसे सोचकर तो देखें। मधुबनी में ये तालाब आज भी हैं और लोग इन्हें आज भी कृतज्ञता से याद रखे हैं।

कहीं पुरस्कार की तरह तालाब बना दिया जाता, तो कहीं तालाब बनाने का पुरस्कार मिलता। गोंड राजाओं की सीमा में जो भी तालाब बनाता, उसे उसके नीचे की जमीन का लगान नहीं देना पड़ता था। संबलपुर क्षेत्र में यह प्रथा विशेष रूप से मिलती थी।

दंड-विधान में भी तालाब मिलता है। बुंदलेखंड में जातीय पंचायतें अपने किसी सदस्य की अक्षम्य गलती पर जब दंड देती थीं तो उसे दंड में प्रायः

समाज के साथ घटोइया बाबा भी तालाब के पालक हैं

तालाब बनाने को कहती थीं। यह परंपरा आज भी राजस्थान में मिलती है। अलवर जिले के एक छोटे से गाँव गोपालपुरा में पंचायती फैसलों को न मानने की गलती करने वालों से दंड स्वरूप कुछ पैसा ग्राम कोष में जमा करवाया जाता है। उस कोष से यहाँ पिछले दिनों दो छोटे-छोटे तालाब बनाए गए हैं।

गड़ा हुआ कोष किसी के हाथ लग जाए तो उसे अपने पर नहीं, परोपकार में लगाने की परंपरा रही है। परोपकार का अर्थ प्रायः तालाब बनाना या उनकी मरम्मत करना माना जाता था। कहा जाता है कि बुंदेलखंड के महाराज छत्रसाल के बेटे को गड़े हुए खजाने के बारे में एक बीजक मिला था। बीजक की सूचना के अनुसार जगतराज ने खजाना खोद निकाला। छत्रसाल को पता चला तो बहुत नाराज हुए : मृतक द्रव्य चंदेल को, क्यों तुम लियो उखार।' अब जब खजाना उखाड़ ही लिया है तो उसका सबसे अच्छा उपयोग किया जाएगा। पिता ने बेटे को आज्ञा दी कि उससे चंदेलों के बने सभी तालाबों की मरम्मत कराई जाए और नए तालाब बनवाए जाएँ। खजाना बहुत बड़ा था। पुराने तालाबों की मरम्मत हो गई और नए भी बनने शुरू हुए। वंशवृक्ष देखकर विक्रम संवत् 286 से 1162 तक की 22 पीढ़ियों के नाम पर पूरे 22 बड़े-बड़े तालाब बने थे। ये बुंदेलखंड में आज भी हैं।

गड़ा हुआ धन सबको नहीं मिलता। लेकिन सबको तालाब से जोड़कर देखने के लिए भी समाज में कुछ मान्यताएँ रही हैं। अमावस और पूनों इन दो दिनों को कारज यानी अच्छे और वह भी सार्वजनिक कामों का दिन माना गया है। इन दोनों दिनों में निजी काम से हटने और सार्वजनिक काम से जुड़ने का विधान रहा है। किसान अमावस और पूनों को अपने खेत में काम नहीं करते थे। उस समय का उपयोग वे अपने क्षेत्र के तालाब आदि की देखरेख व मरम्मत में लगाते थे। समाज में श्रम भी पूँजी है और उस पूँजी को निजी हित के साथ सार्वजनिक हित में भी लगाते जाते थे।

श्रम के साथ-साथ पूँजी का अलग से प्रबंध किया जाता रहा है। इस

पूँजी की जरूरत प्राय: ठंड के बाद, तालाब में पानी उतर जाने पर पड़ती है।

सात माता का ठाला

तब गरमी का मौसम सामने खड़ा है और यही सबसे अच्छा समय है तालाब में कोई बड़ी टूट-फूट पर ध्यान देने का। वर्ष की बारह पूर्णिमाओं में से ग्यारह पूर्णिमाओं को श्रमदान के लिए रखा जाता रहा है, पर पूस माह की पूनों पर तालाब के लिए धान या पैसा एकत्र किए जाने की परंपरा रही है। छत्तीसगढ़ में उस दिन छेर-छेरा त्योहार मनाया जाता है। छेर-छेरा में लोगों के दल निकलते हैं, घर-घर जाकर गीत गाते हैं और गृहस्थ से धान एकत्र करते हैं। धान की फसल कटकर घर आ चुकी होती है। हरेक घर अपने-अपने सामर्थ्य से धान का दान करता है। इस तरह जमा किया गया धान ग्रामकोष में रखा जाता है। इसी कोष से आने वाले दिनों में तालाब और अन्य सार्वजनिक स्थानों की मरम्मत और नए काम पूरे किए जाते हैं।

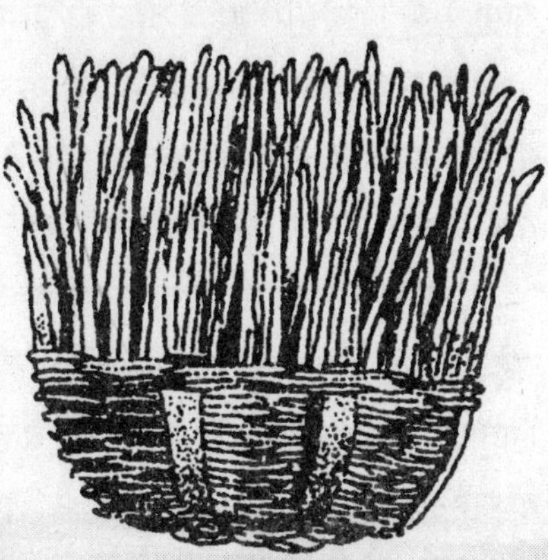

कजलियाँ

सार्वजनिक तालाबों में तो सबका श्रम और पूँजी लगती ही थी, निहायत निजी किस्म के तालाबों में भी सार्वजनिक स्पर्श आवश्यक माना जाता रहा है।

तालाब बनने के बाद उस इलाके के सभी सार्वजनिक स्थलों से थोड़ी-थोड़ी मिट्टी लाकर तालाब में डालने का चलन आज भी मिलता है। छतीसगढ़ में तालाब बनते ही उसमें घुड़साल, हाथीखाना, बाजार, मंदिर, श्मशान भूमि, वेश्यालय, अखाड़ों और विद्यालयों की मिट्टी डाली जाती थी।

शायद आज ज्यादा पढ़-लिख जाने वाले अपने समाज से कट जाते हैं। लेकिन तब बड़े विद्या केंद्रों से निकलने का अवसर तालाब बनवाने के प्रसंग में बदल जाता था। मधुबनी, दरभंगा क्षेत्र में यह परंपरा बहुत बाद तक चलती रही है।

तालाबों में प्राण है। प्राण प्रतिष्ठा का उत्सव बड़ी धूमधाम से होता था। उसी दिन उसका नाम रखा जाता था। कहीं-कहीं ताम्रपत्र या शिलालेख पर तालाब का पूरा विवरण उकेरा जाता था।

कहीं-कहीं तालाबों का पूरी विधि के साथ विवाह भी होता था। छतीसगढ़ में यह प्रथा आज भी जारी है। विवाह से पहले तालाब का उपयोग नहीं हो सकता। न तो उससे पानी निकालेंगे और न उसे पार करेंगे। विवाह में क्षेत्र के सभी लोग, सारा गाँव पाल पर उमड़ आता है। आस-पास के मंदिरों की मिट्टी लाई जाती है, गंगाजल आता है और इसी के साथ अन्य पाँच या सात कुओं या तालाबों का जल मिलाकर विवाह पूरा होता है। कहीं-कहीं बनाने वाले अपने सामर्थ्य के हिसाब से दहेज तक का प्रबंध करते हैं।

विवाहोत्सव की स्मृति में भी तालाब पर स्तंभ लगाया जाता है। बहुत बाद में जब तालाब की सफाई-खुदाई दुबारा होती है, तब भी उस घटना की याद में स्तंभ लगाने की परंपरा रही है।

आज बड़े शहरों की परिभाषा में आबादी का हिसाब केंद्र में है। पहले बड़े शहर या गाँव की परिभाषा में उसके तालाबों की गिनती होती थी। कितनी आबादी का शहर या गाँव है, इसके बदले पूछा जाता था कितने तालाबों का गाँव है। छत्तीसगढ़ी में बड़े गाँव के लिए कहावत है कि वहाँ 'छै आगर छै

कोरी' यानी 6 बीसी और 6 अधिक, 120 और 6 या 126 तालाब होने चाहिए। आज के बिलासपुर जिले के मल्हार क्षेत्र में, जो ईसा पूर्व बसाया गया था, पूरे 126 तालाब थे। उसी क्षेत्र में रतनपुर (दसवीं से बारहवीं शताब्दी) खरौदी (सातवीं से बारहवीं शताब्दी) रायपुर के आरंग और कुबरा तथा सरगुजा जिले के दीपाडीह गाँव में आज आठ सौ, हजार बरस बाद भी सौ, कहीं-कहीं तो पूरे 126 तालाब गिने जा सकते हैं।

इन तालाबों के दीर्घ जीवन का एक ही रहस्य था—ममत्व। यह मेरा है, हमारा है। ऐसी मान्यता के बाद रखरखाव जैसे शब्द छोटे लगने लगेंगे। भुजलिया के आठों अंग पानी में डूब सकें—इतना पानी ताल में रखना—ऐसा गीत गाने वाली, ऐसी कामना करने वाली स्त्रियाँ हैं तो उनके पीछे ऐसा समाज भी रहा है, जो अपने कर्तव्य में इस कामना को पूरा करने का वातावरण बनाता था। घरगैल, घरमैल यानी सब घरों के मेल से तालाब का काम होता था।

सबका मेल तीर्थ है। जो तीर्थ न जा सकें, वे अपने यहाँ तालाब बनाकर ही पुण्य ले सकते हैं। तालाब बनाने वाला पुण्यात्मा है, महात्मा है। जो तालाब बचाए, उसकी भी उतनी ही मान्यता मानी गई है। इस तरह तालाब एक तीर्थ है। यहाँ मेले लगते हैं। और इन मेलो में जुटने वाला समाज तालाब को अपनी आँखों में, मन में बसा लेता है।

तालाब समाज के मन में रहा है। कहीं-कहीं तो उसके तन में भी। बहुत से वनवासी समाज गुदने में तालाब, बावड़ी भी गुदवाते हैं। गुदनों के चिह्नों में पशु-पक्षी, फूल आदि के साथ-साथ सहरिया समाज में सीता बावड़ी और साधारण बावड़ी के चिह्न भी प्रचलित हैं। सहरिया शबरी को अपना पूर्वज मानते हैं। सीताजी से विशेष संबंध है। इसलिए सहरिया अपनी पिंडलियों पर सीता बावड़ी बहुत चाव से गुदवाते हैं।

सीता बावड़ी में एक मुख्य आयत है। भीतर लहरें हैं। बीचोबीच एक बिंदु है, जो जीवन का प्रतीक है। आयत के बाहर सीढ़ियाँ हैं, चारों कोनों पर

फूल हैं और फूल में है जीवन की सुगंध—इतनी सब बातें एक सरल, सरस रेखाचित्र में उतार पाना बहुत कठिन है। लेकिन गुदना गोदने वाले कलाकार और गुदवाने वाले स्त्री-पुरुषों का मन, तालाब, बावड़ी में इतना रमा रहा है कि आठ-दस रेखाएँ, आठ-दस बिंदियाँ पूरे दृश्य को तन पर सहज ही उकेर देती हैं। यह प्रथा तमिलनाडु के दक्षिण आरकाट जिले के कुराऊँ समाज में भी है।

मन और तन में रमी सीता बावड़ी

जिसके मन में, तन में तालाब रहा हो, वह तालाब को केवल पानी के एक गड्ढे की तरह नहीं देख सकेगा। उसके लिए तालाब एक जीवंत परंपरा है, परिवार है और उसके कई संबंध, संबंधी हैं। किस समय किसे याद करना है, ताकि तालाब बना रहे—इसकी भी उसे पूरी सुध है।

यदि समय पर पानी नहीं बरसे तो किस तक गुहार पहुँचानी है? इंद्र हैं वर्षा के देवता। पर सीधे उनको खटखटाना कठिन है, शायद ठीक भी नहीं।

उनकी बेटी हैं काजल। काजल माता तक अपना संकट पहुँचाएँ तो वे अपने पिता का ध्यान इस तरफ अच्छे से खींच सकेंगी। बोनी हो जाए और एक पखवाड़े तक पानी नहीं बरसे तो फिर काजल माता की पूजा होती है। पूरा गाँव कांकड़बानी यानी गाँव की सीमा पर लगे वन में बने तालाब तक पूजागीत गाते हुए एकत्र होता है। फिर दक्षिण दिशा की ओर मुँह कर सारा गाँव काजल माता से पानी की याचना करता है—दक्षिण से ही पानी आता है।

काजल माता को पूजने से पहले कई स्थानों में पवन-परीक्षा भी की जाती है। यह आषाढ़ शुक्ल पूर्णिमा पर होती है। इस दिन तालाबों पर मेला भरता है और वायु की गति देखकर पानी की भविष्यवाणी की जाती है। उस हिसाब से पानी समय पर गिर जाता है, न गिरे तो फिर काजल माता को बताना है।

तालाब का लबालब भर जाना भी एक बड़ा उत्सव बन जाता। समाज के लिए इससे बड़ा और कौन सा प्रसंग होगा कि तालाब की अपरा चल निकलती है। भुज (कच्छ) के सबसे बड़े तालाब हमीरसर के घाट में बनी हाथी की एक मूर्ति अपरा चलने की सूचक है। जब जल इस मूर्ति को छू लेता तो पूरे शहर में खबर फैल जाती थी। शहर तालाब के घाटों पर आ जाता। कम पानी का इलाका इस घटना को एक त्योहार में बदल लेता। भुज के राजा घाट पर आते और पूरे शहर की उपस्थिति में तालाब की पूजा करते तथा पूरे भरे तालाब का आशीर्वाद लेकर लौटते। तालाब का पूरा भर जाना, सिर्फ एक घटना नहीं आनंद है, मंगल सूचक है, उत्सव है, महोत्सव है। वह प्रजा और राजा को घाट तक ले आता था।

इन्हीं दिनों देवता भी घाट पर आते हैं। जल झूलन त्योहार में मंदिरों की चल मूर्ति तालाब तक लाई जाती हैं और वहाँ पूरे श्रृंगार के साथ उन्हें झूला झुलाया जाता है। भगवान् भी सावन के झूलों की पेंग का आनंद उठाते हैं।

कोई भी तालाब अकेला नहीं है। वह भरे पूरे जल परिवार का एक

सदस्य है। उसमें सबका पानी है और उसका पानी सब में है—ऐसी मान्यता रखने वालों ने एक तालाब सचमुच ऐसा ही बना दिया था। जगन्नाथपुरी के मंदिर के पास बिंदुसागर में देश भर के हर जल स्रोत का, नदियों और समुद्रों तक का पानी मिला है। दूर-दूर से, अलग-अलग दिशाओं से पुरी आने वाले भक्त अपने साथ अपने क्षेत्र का थोड़ा सा पानी ले आते हैं और उसे बिंदुसागर में अर्पित कर देते हैं।

देश की एकता की परीक्षा की इस घड़ी में बिंदुसागर 'राष्ट्रीय एकता का सागर' कहला सकता है। बिंदुसागर जुड़े भारत का प्रतीक है।

आने वाला समय कैसा होगा? यह बताना हमेशा बड़ा कठिन रहा है। लेकिन इसका एक मापदंड तालाब भी था। नवरात्र के बाद जवारे विसर्जित होते हैं। राजस्थान में इस अवसर पर लोग तालाबों पर एकत्र होते हैं और तब भोपा यानी पुजारीजी विसर्जन के बाद तालाब में पानी का स्तर देखकर आने वाले समय की भविष्यवाणी करते थे। बरसात तब तक बीत चुकी होती है। जितना पानी तालाब में जमा होना था, वह हो चुका है। अब स्थिति पर निर्भर हैं आने वाले समय की परिस्थितियाँ।

आज यह प्रथा मिट सी गई है। तालाब में जल-स्तर देख आने वाले समय की भविष्यवाणी करनी हो तो कई तालाबों पर खड़े भोपा शायद यही कहते कि बुरा समय आनेवाला है।

❑

आज भी खरे हैं तालाब

बुरा समय आ गया था।

भोपा होते तो जरूर बताते कि तालाबों के लिए बुरा समय आ गया था। जो सरस परंपराएँ, मान्यताएँ तालाब बनाती थीं, वे ही सूखने लगी थीं।

दूरी एक छोटा सा शब्द है। लेकिन राज और समाज के बीच में इस शब्द के आने से समाज का कष्ट कितना बढ़ जाता है, इसका कोई हिसाब नहीं। फिर जब यह दूरी एक तालाब की नहीं, सात समुंदर की हो जाए तो बखान के लिए क्या रह जाता है!

अंग्रेज सात समुंदर पार से आए थे और अपने समाज के अनुभव लेकर आए थे। वहाँ वर्गों पर टिका समाज था, जिसमें स्वामी और दास के संबंध थे। वहाँ राज्य ही फैसला करता था कि समाज का हित किसमें है। यहाँ जाति का समाज था और राजा जरूर थे, पर राजा और प्रजा के संबंध अंग्रेजों के अपने अनुभवों से बिलकुल भिन्न थे। यहाँ समाज अपना हित स्वयं तय करता था और उसे अपनी शक्ति से, अपने संयोजन से पूरा करता था। राज उसमें सहायक होता था।

पानी का प्रबंध, उसकी चिंता हमारे समाज के कर्तव्य-बोध के विशाल सागर की एक बूँद थी। सागर और बूँद एक-दूसरे से जुड़े थे। बूँदें अलग हो जाएँ तो न सागर रहे, न बूँद बचे। सात समुंदर पार से आए अंग्रेजों को समाज

के कर्तव्य-बोध का न तो विशाल सागर दिख पाया, न उसकी बूँदें। उन्होंने अपने यहाँ के अनुभव और प्रशिक्षण के आधार पर यहाँ के राज में दस्तावेज जरूर खोजने की कोशिश की, लेकिन वैसे रिकॉर्ड राज में रखे नहीं जाते थे। इसलिए उन्होंने मान लिया कि यहाँ सारी व्यवस्था उन्हीं को करनी है। यहाँ तो कुछ है ही नहीं।

देश के अनेक भागों में घूम-फिरकर अंग्रेजों ने कुछ या काफी जानकारियाँ जरूर एकत्र कीं, लेकिन यह सारा अभ्यास कुतूहल से ज्यादा नहीं था। उसमें कर्तव्य के सागर और उसकी बूँदों को समझने की दृष्टि नहीं थी। इसलिए विपुल मात्रा में जानकारियाँ एकत्र करने के बाद भी जो नीतियाँ बनीं, उन्होंने तो इस सागर और बूँद को अलग-अलग ही किया।

उत्कर्ष का दौर भले ही बीत गया था, पर अंग्रेजों के बाद भी पतन का दौर प्रारंभ नहीं हुआ था। उन्नीसवीं सदी के अंत, और तो और बीसवीं सदी के प्रारंभ तक अंग्रेज यहाँ घूमते-फिरते जो कुछ देख रहे थे, लिख रहे थे, जो गजेटियर बना रहे थे, उनमें कई जगहों पर छोटे ही नहीं, बड़े-बड़े तालाबों पर चल रहे काम का उल्लेख मिलता है।

मध्य प्रदेश के दुर्ग और राजनांदगाँव जैसे क्षेत्रों में सन् 1907 तक भी 'बहुत से बड़े तालाब बन रहे थे।' इनमे तांदुला नामक तालाब 'ग्यारह वर्ष तक लगातार चले काम के बाद बनकर बस अभी तैयारी ही हुआ था। इससे सिंचाई के लिए निकली नहरों-नालियों की लंबाई 513 मील थी।'

जो नायक समाज को टिकाए रखने के लिए यह सब काम करते थे, उनमें से कुछ के मन में समाज को डिगने-हिलाने वाली नई व्यवस्था भला कैसे समा पाती? उनकी तरफ से अंग्रेजों को चुनौतियाँ भी मिलीं। साँसी, भील जैसी स्वाभिमानी जातियों को इसी टकराव के कारण अंग्रेजी राज ने ठग और अपराधी तक कहा। अब जब सबकुछ अंग्रेजों को ही करना था तो उनसे पहले के पूरे ढाँचे को टूटना ही था। उस ढाँचे को दुतकारना, उसकी उपेक्षा करना

कोई बहुत सोचा-विचारा गया कुटिल षड्यंत्र नहीं था। वह तो इस नई दृष्टि का सहज परिणाम था और दुर्भाग्य से यह नई दृष्टि हमारे समाज के उन लोगों तक को भी गई थी, जो पूरे मन से अंग्रेजों का विरोध कर रहे थे और देश को आजाद करने के लिए लड़ रहे थे।

पिछले दौर के अभ्यस्त हाथ अब अकुशल कारीगरों में बदल दिए गए थे। ऐसे बहुत से लोग जो गुनीजनखाना यानी गुणी माने गए जनों की सूची में थे, वे अब अनपढ़, असभ्य, अप्रशिक्षित माने जाने लगे। उस नए राज और उसके प्रकाश के कारण चमकी नई सामाजिक संस्थाएँ, नए आंदोलन भी अपने ही नायकों के शिक्षण-प्रशिक्षण में अंग्रेजों से भी आगे बढ़ गए थे। आजादी के बाद ही सरकारों, सामाजिक संस्थाओं तथा ज्यादातर आंदोलनों में भी यही लज्जाजनक प्रवृत्ति जारी रही है।

उस गुणी समाज के हाथ से पानी का प्रबंध किस तरह छीना गया, इसकी एक झलक तब के मैसूर राज में देखने को मिलती है।

सन् 1800 में मैसूर राज दीवान पूर्णैया देखते थे। तब राज्य भर में 39,000 तालाब थे। कहा जाता था कि वहाँ किसी पहाड़ी की चोटी पर एक बूँद गिरे, आधी इस तरफ और आधी उस तरफ बहे तो दोनों तरफ इसे सहेजकर रखने वाले तालाब वहाँ मौजूद थे। समाज के अलावा राज भी इन उम्दा तालाबों की देखरेख के लिए हर साल कुछ लाख रुपए लगता था।

राज बदला। अंग्रेज आए। सबसे पहले उन्होंने इस फिजूलखर्ची को रोका और सन् 1831 में राज की ओर से तालाबों के लिए दो जाने वाली राशि

आज भी खरा है दिल्ली का हौज ए शम्सी

को काटकर एकदम आधा कर दिया। अगले 32 बरस तक नए राज की कंजूसी को समाज अपनी उदारता से ढककर रखे रहा। तालाब लोगों के थे, सो राज से मिलने वाली मदद के कम हो जाने, कहीं-कहीं बंद हो जाने के बाद भी समाज तालाबों को सँभाले रहा। बरसों पानी स्मृति ऐसे ही नहीं मिट जाती। लेकिन फिर 32 बरस बाद यानी सन् 1863 में वहाँ पहली बार पी.डब्ल्यू.डी. बना और सारे तालाब लोगों से छीनकर उसे सौंप दिए गए।

प्रतिष्ठा पहले ही हर ली थी। फिर धन, साधन छीने और अब स्वामित्व भी ले लिया गया था। सम्मान, सुविधा और अधिकारों के बिना समाज लाचार होने लगा था। ऐसे में उसमें सिर्फ अपने कर्तव्य निभाने की उम्मीद कैसे की जाती ?

मैसूर के 39,000 तालाबों की दुर्दशा का किस्सा बहुत लंबा है। पी.डब्ल्यू. डी. से काम नहीं चला तो फिर पहली बार सिंचाई विभाग बना। उसे तालाब सौंपे गए। वह भी कुछ नहीं कर पाया तो वापस पी.डब्ल्यू.डी. को। अंग्रेज विभागों की अदला-बदली के बीच तालाबों से मिलने वाला राजस्व बढ़ाते गए और रख-रखाव की राशि छाँटते-काटते गए। अंग्रेज इस काम के लिए चंदा तक माँगने लगे, जो फिर जबरन वसूली तक चला गया।

इधर दिल्ली तालाबों की दुर्दशा की नई राजधानी बन चली थी। अंग्रेजों के आने से पहले तक यहाँ 350 तालाब थे। इन्हें भी राजस्व के लाभ-हानि की तराजू पर तौला गया और कमाई न दे पाने वाले तालाब राज के पलड़े से बाहर फेंक दिए गए।

उसी दौर में दिल्ली में नल लगने लगे थे। इसके विरोध की एक हल्की सी सुरीली आवाज सन् 1900 के आस-पास विवाहों के अवसर पर गाई जाने वाली 'गारियों, विवाह-गीतों' में दिखी थी। बारात जब पंगत में बैठती तो स्त्रियाँ 'फिरंगी नल मत लगवाय दियो' गीत गातीं। लेकिन नल लगते गए और जगह-जगह बने तालाब, कुएँ और बावड़ियों के बदले अंग्रेज द्वारा नियंत्रित

'वाटर वर्क्स' से पानी आने लगा।

पहले सभी बड़े शहरों में और फिर धीरे-धीरे छोटे शहरों में भी यही स्वप्न साकार किया जाने लगा। पर केवल पाइप बिछाने और नल की टोंटी लगा देने से पानी नहीं आता। यह बात उस समय नहीं, लेकिन आजादी के कुछ समय बाद धीरे-धीरे समझ में आने लगी थी। सन् 1970 के बाद तो यह डरावने सपने में बदलने लगी थी। तब तक कई शहरों के तालाब उपेक्षा की गाद से पट चुके थे और उन पर मोहल्ले, बाजार, स्टेडियम खड़े हो चुके थे।

पर पानी अपना रास्ता नहीं भूलता। तालाब हथियाकर बनाए गए नए मोहल्लों में वर्षा के दिनों में पानी भर जाता है और फिर वर्षा बीती कहीं कि इन शहरों में जल संकट के बादल छाने लगते हैं।

जिन शहरों के पास फिलहाल थोड़ा पैसा है, थोड़ी ताकत है, वे किसी और के पानी को छीनकर अपने नलों को किसी तरह चला रहे हैं, पर बाकी की हालत तो हर साल बिगड़ी ही जा रही है। कई शहरों के कलेक्टर फरवरी माह में आस-पास के गाँवों के बड़े तालाबों का पानी सिंचाई के कामों से रोककर शहरों के लिए सुरक्षित कर लेते हैं।

शहरों को पानी चाहिए, पर पानी दे सकने वाले तालाब नहीं। तब पानी ट्यूबवैल से ही मिल सकता है, पर इसके लिए बिजली, डीजल के साथ-साथ उसी शहर के नीचे पानी चाहिए। मद्रास जैसे कई शहरों का दुःखद अनुभव यही बताता है कि लगातार गिरता जल-स्तर सिर्फ पैसे और सत्ता के बल पर थामा नहीं जा सकता। कुछ शहरों ने दूर बहने वाली किसी नदी से पानी उठाकर लाने के बेहद खर्चीले और अव्यावहारिक तरीके अपनाएँ हैं। लेकिन ऐसी नगर पालिकाओं पर करोड़ों रुपए के बिजली के बिल भी चढ़ चुके हैं।

इंदौर का ऐसा ही उदाहरण आँख खोल सकता है। यहाँ दूर बह रही नर्मदा का पानी लाया गया था। योजना का पहला चरण छोटा पड़ा, तो एक स्वर से दूसरे चरण की माँग भी उठी और सन् 1993 में तीसरे चरण के लिए भी

आंदोलन चल रहा है। इसमें कांग्रेस, भारतीय जनता पार्टी, साम्यवादी दलों के अलावा शहर के पहलवान श्री अनोखीलाल भी एक पैर पर एक ही जगह 34 दिन तक खड़े रहकर 'सत्याग्रह' कर चुके हैं। इस इंदौर में अभी कुछ ही पहले तक बिलावली जैसा तालाब था, जिसमें फ्लाइंग क्लब के जहाज के गिर जाने पर नौसेना के गोताखोर उतारे गए थे, पर वे डूबे जहाज को आसानी से खोज नहीं पाए थे। आज बिलावली एक बड़ा सूखा मैदान है और इसमें फ्लाइंग क्लब के जहाज उड़ाए जा सकते हैं।

इंदौर के पड़ोस में बसे देवास शहर का किस्सा तो और भी विचित्र है। पिछले 30 वर्ष में यहाँ के सभी छोटे-बड़े तालाब भर दिए गए और उन पर मकान तथा कारखाने खुल गए। लेकिन फिर 'पता' चला कि इन्हें पानी देने का कोई स्रोत ही नहीं बचा है। शहर के खाली होने तक की खबरें छपने लगी थीं। शहर के लिए पानी जुटाना था, पर पानी कहाँ से लाएँ? देवास के तालाबों, कुओं के बदले रेलवे स्टेशन पर दस दिन तक दिन-रात काम चलता रहा।

आज बिलावली तालाब में जहाज उड़ाए जा सकते हैं

25 अप्रैल, 1990 को इंदौर से 50 टैंकर पानी लेकर रेलगाड़ी देवास आई। स्थानीय शासन मंत्री की उपस्थिति में ढोल-नगाड़े बजाकर पानी की रेल का स्वागत हुआ। मंत्रीजी ने रेलवे स्टेशन आई नर्मदा का पानी पीकर इस योजना का उद्‌घाटन किया। संकट के समय इससे पहले भी गुजरात और तमिलनाडु के कुछ शहरों में रेल से पानी पहुँचाया गया है, पर देवास में तो अब हर सुबह पानी की रेल आती है, टैकरों का पानी पंपों के सहारे टंकियों में चढ़ता है और तब शहर में बँटता है।

रेल का भाड़ा हर रोज चालीस हजार रुपया है। बिजली से पानी ऊपर चढ़ाने का खर्च अलग और इंदौर से मिलने वाले पानी का दाम भी लग जाए तो पूरी योजना दूध के भाव पड़ेगी। लेकिन अभी मध्य प्रदेश शासन केंद्र शासन से रेल भाड़ा माफ करवाता जा रहा है। दिल्ली के लिए दूर गंगा का पानी उठाकर लाने वाला केंद्र शासन और अभी मध्य प्रदेश के प्रति उदारता बरत रहा है। श्री मनमोहन सिंह की नई उदारवादी नीति रेल और बिजली के दाम चुकाने की कह बैठी तो देवास को नरकवास बनने में कितनी देरी लगेगी?

पानी के मामले में निपट बेवकूफी के उदाहरणों की कोई कमी नहीं है। मध्य प्रदेश के ही सागर शहर को देखें। कोई 600 बरस पहले लाखा बंजारे द्वारा बनाए गए सागर नामक एक विशाल तालाब के किनारे बसे इस शहर का नाम सागर ही हो गया था। आज यहाँ नए समाज की चार बड़ी प्रतिष्ठित संस्थाएँ हैं। पुलिस प्रशिक्षण केंद्र है, सेना के महार रेजिमेंट का मुख्यालय है, नगर पालिका है और सर हरिसिंह गौर के नाम पर बना विश्वविद्यालय है। एक बंजारा यहाँ आया और विशाल सागर बनाकर चला गया, लेकिन नए समाज की चार साधन संपन्न संस्थाएँ इस सागर की देखभाल तक नहीं कर पाईं! आज सागर तालाब पर ग्यारह शोध प्रबंध पूरे हो चुके हैं, डिग्रियाँ बँट चुकी हैं पर एक अनपढ़ माने गए बंजारे के हाथों बने सागर को पढ़ा-लिखा माना गया समाज बचा तक नहीं पा रहा है।

उपेक्षा की इस आँधी में कई तालाब फिर भी खड़े हैं। देश भर में कोई आठ से दस लाख तालाब आज भी भर रहे हैं और वरुण देवता का प्रसाद सुपात्रों के साथ-साथ कुपात्रों में भी बाँट रहे हैं। उनकी मजबूत बनक इसका एक कारण है, पर एकमात्र कारण नहीं। तब तो मजबूत पत्थर के बने पुराने किले खँडहरों में नहीं बदलते। कई तरफ से टूट चुके समाज में तालाबों की स्मृति अभी भी शेष है। स्मृति की यह मजबूती पत्थर की मजबूती से ज्यादा मजबूत है।

छत्तीसगढ़ के गाँवों में आज भी छेर-छेरा के गीत गाए जाते हैं और उससे मिले अनाज से अपने तालाबों की टूट-फूट ठीक की जाती है। आज भी बुंदेलखंड में कजलियों के गीत में उसके आठों अंग डूब सकें—ऐसी कामना की जाती है। हरियाणा के नारनौल में जात उतारने के बाद माता-पिता तालाब की मिट्‌टी काटते हैं और पाल पर चढ़ाते हैं। न जाने कितने शहर, कितने सारे गाँव इन्हीं तालाबों के कारण टिके हुए हैं। बहुत सी नगरपालिकाएँ आज भी इन्हीं तालाबों के कारण पल रही हैं और सिंचाई विभाग इन्हीं के दम पर खेतों को पानी दे पा रहा है। बीजा की डाह जैसे गाँवों में आज भी सागरों के वही नायक नए तालाब भी खोद रहे हैं और पहली बरसात में उन पर रात-रात भर पहरा दे रहे हैं। उधर रोज सुबह-शाम घड़सीसर में आज भी सूरज मन भर सोना उँड़ेलता है।

कुछ कानों में आज भी यह स्वर गूँजता है—

"अच्छे-अच्छे काम करते जाना।"

❑

संदर्भ

पाल के किनारे रखा इतिहास

खरे सोने से बने तालाबों की कहानी सन् 1907 के गजेटियर का अपवाद छोड़ दें तो इतिहास की किसी और अंग्रेजी पुस्तक में नहीं मिलती। लेकिन मध्य प्रदेश के रीवा, सतना, जबलपुर और मंडला जिलों में यह कहानी गाँव-गाँव में तालाबों पर सुनाई देती है। इस तरह यह सचमुच पाल के किनारे रखा इतिहास है।

श्री भूपतसिंह द्वारा लिखी गई पुस्तक 'पाटन तहसील के स्वतंत्रता संग्राम का इतिहास' में इस कहानी का विस्तृत विवरण मिलता है। इस विवरण में कहानी में वर्णित चार विशाल तालाबों में से एक कुंडम तालाब से निकलने वाली हिरन नामक नदी की कथा भी विस्तार से दी गई है।

इस क्षेत्र का परिचय और यहाँ दी गई जानकारियाँ हमें जनसत्ता, नई दिल्ली के श्री मनोहर नायक से प्राप्त हुई है।

श्री वृंदावनलाल वर्मा के उपन्यास 'रानी दुर्गावती' में भी बुंदेलखंड क्षेत्र में पारस से बनने वाले तालाबों का उल्लेख एक अलग अर्थ में मिलता है।

जबलपुर प्राधिकरण द्वारा सन् 1977 में प्रकाशित जबलपुर स्मारक ग्रंथ में भी इस कथा की झलक है। जबपलुर के पास ही सन् 1939 में हुए प्रसिद्ध त्रिपुरी कांग्रेस सम्मेलन के अवसर पर छपी 'त्रिपुरी कांग्रेस गाइड में भी इस

कथा में वर्णित क्षेत्र के कई भव्य तालाबों का विवरण दिया गया था।

आजादी की लड़ाई के बीच आयोजित इस ऐतिहासिक सम्मेलन में, जहाँ श्री सुभाषचंद्र बोस और श्री पट्टाभि सीतारमैया जैसे नेता उपस्थित थे, वहाँ भी तालाबों का उल्लेख अप्रासंगिक नहीं माना गया था।

पर इस प्रसंग की तुलना कीजिए, सन् 1991 के तिरुपति कांग्रेस अधिवेशन से। जल संकट से घिरे कठिन दौर में आयोजित इस सम्मेलन का पंडाल कभी के एक भव्य पर अब सूख चुके अविलल नामक तालाब के आगर पर ही ताना गया था। आगर की नमी के कारण पंडाल के भीतर का तापमान बाहर की गरमी से 4 अंश कम था। लेकिन इस अधिवेशन में उपस्थिति हमारे नए आत्ममुग्ध नेताओं ने देश के सामने छाए तरह-तरह के संकटों से पार उतरने में लोकबुद्धि पर कोई भरोसा नहीं जातया। इसी तरह सन् 1993 का कांग्रेस अधिवेशन भी दिल्ली की सीमा पर सूरजकुंड में हुआ था। वह ऐतिहासिक तालाब भी आज पट चुका है। तालाबों की सर्वत्र की जा रही उपेक्षा के अनुपात में ही पानी का संकट बढ़ता जा रहा है।

महाभारत काल के तालाबों में कुरुक्षेत्र का ब्रह्मसर, करनाल की कर्णझील और मेरठ के पास हस्तिनापुर में शुक्रताल आज भी हैं और पर्वों पर यहाँ लाखों लोगे इकट्ठे होते हैं।

रामायण काल के तालाबों में शृंगवेरपुर का तालाब प्रसिद्ध रहा है। भारतीय पुरातत्त्व सर्वेक्षण के निदेशक श्री बी.बी. लाल ने पुराने साक्ष्य के आधार पर इलाहाबाद से 60 किलोमीटर दूर खुदाई कर इस तालाब को ढूँढ़ निकाला है। श्री लाल के अनुसार यह तालाब ईसा पूर्व सातवीं सदी में बना था—यानी आज से 2700 बरस पहले।

शृंगवेरपुर के तालाब का संक्षिप्त विवरण गांधी शांति प्रतिष्ठान से प्रकाशित पुस्तक 'हमारा पर्यावरण' (1988) में तथा विस्तृत विवरण नई दिल्ली के 'सेंटर फॉर साइंस एंड एनवायरनमेंट द्वारा देश में जल संग्रह के परंपरागत तरीकों पर अक्तूबर 1990 में आयोजित गोष्ठी में श्रीलाल द्वारा अंग्रेजी में प्रस्तुत लेख में उपलब्ध है।

पंद्रहवीं से अठारहवीं सदी तक के समाज का, उसके संगठन का, उसके विद्या केंद्रों का विस्तृत विवरण श्री धर्मपाल द्वारा लिखी गई 'इंडियन सांइस एंड टेक्नोलॉजी इन एटीन्थ सेंचुरी और द ब्यूटीफुल ट्री पुस्तकों में मिलता है। प्रकाशक हैं—बिलिया इंपैक्स प्राइवेट लिमिटेड, 2-18 अंसारी रोड, नई दिल्ली 2।

इस विषय पर पुणे की संस्था इंडियन एसोसिएशन फॉर कल्चरल फ्रीडम में श्री धर्मपाल के भाषण हुए थे। इन भाषणों को नई दिल्ली के दैनिक हिंदी पत्र 'जनसत्ता' ने एक लेखमाला के रूप में प्रकाशित किया था, जो बाद में शताब्दी प्रकाशन, 48 स्वर्णकार कॉलोनी, विदिशा (मध्य प्रदेश) की ओर से 'अंग्रेजों से पहले का भारत' शीर्षक से एक पुस्तक के रूप में प्रकाशित हुए थे। गांधी शांति प्रतिष्ठान द्वारा प्रकाशित श्री रामेश्वर मिश्र पंकज की पुस्तक 'आज की अपेक्षाएँ' और 'नदियाँ और हम' भी इस विस्तृत लेकिन लगभग विस्मृत विषय पर उम्दा प्रकाश डालती हैं।

रीवा के तालाबों की जानकारी सन् 1907 के गजेटियर से ली गई है। गजेटियर तब की रीवा रियासत में आने वाले गाँवों के तालाबों का विस्तृत ब्योरा देता है।

थार के रेगिस्तान में पानी के काम पर श्री ओम थानी, संपादक जनसत्ता, चंडीगढ़, श्री शुभू पटवा, भीनासार, बीकानेर तथा श्री सुरेंद्रमल मोहनोत, मरुभूमि विज्ञान केंद्र, 109 नेहरू पार्क, जोधपुर से संपर्क किया जा सकता है।

दिल्ली के 350 तालाबों का उल्लेख सन् 1971 की जनगणना रिपोर्ट में मछली पालन के संदर्भ में मिलने वाले पुराने आँकड़ों में सिर्फ एक पंक्ति में मिलता है। इस छोर को पकड़कर आगे काम करते हुए हमें भारतीय मानचित्र सर्वेक्षण विभाग द्वारा सन् 1807 की दिल्ली पर हाल में ही छिपे एक नक्शे में कई तालाब देखने को मिलते हैं।

इसी सिलसिले में श्री मुहम्मद शाहिद के सौजन्य से मिले दिल्ली के सन् 1930 के एक दुर्लभ नक्शे में उस समय के शहर में तालाबों और कुओं की गिनती लगभग 350 की संख्या छूती है। शाहिदजी से 2583, चूड़ीवालान, दिल्ली-6 पर संपर्क किया जा सकता है।

दक्षिण के राज्यों, विशेषकार मद्रास प्रेसिडेंसी और मैसूर-कर्नाटक के तालाबों के फैलाव, संख्या और संचालन के बारे में इन क्षेत्रों के गजेटियर, सिंचाई और प्रशासन रिपोर्टों से काफी मदद मिली। इसी कड़ी में सन् 1983 में कर्नाटक राज्य योजना विभाग के श्री एम.जी. भट्ट, श्री रामनाथन चेट्टी और श्री अंबाजी राव द्वारा तैयार की गई एक रिपोर्ट से भी सहायता ली गई है।

नींव से शिखर तक

एक तालाब कैसे पूरा आकार लेता है—इसकी लगभग पूरी जानकारी हमें अलवर जिले के भीकमपुरा किशोरी गाँव की संस्था 'तरुण भारत संघ' के श्री राजेंद्र सिंह से मिली है। संघ ने पिछले 5 वर्षों में इस इलाके में 250 से अधिक तालाब गाँव के साथ मिलकर बनाए हैं।

तालाब बनाने का मुहूर्त जबलपुर से प्रतिवर्ष हजारों की संख्या में छपने वाले पंचांग से लिया गया है। प्रकाशक हैं : लाला रामस्वरूप रामनारायण पंचांग, 94 लार्डगंज़, जबलपुर, मध्य प्रदेश। बंगाल में यह पंचांग पोंजिका या पांजी कहलाता है। गुप्ता प्रेस और विशुद्ध सिद्धांत प्रकाशन के पंचांग बंगाल में घर-घर में हैं। इसी तरह के पंचांग बनारस, इलाहाबाद, मथुरा, अहमदाबाद, पुणे, नासिक और दक्षिण के भी अनेक शहरों में छपते हैं और समाज की स्मृति में सम्मिलित तालाब और कुएँ के काम को प्रारंभ करने के मुहूर्त दुहराते रहते हैं।

घटोइया बाबा का विवरण हमें होशंगाबाद के श्री राकेश दीवान से मिलता है। उनका पता है : कसेरा मोहल्ला, होशंगाबाद, मध्य प्रदेश। हिंदी के पुराने शब्दकोशों में ऐसे शब्द अपने पूरे अर्थों के साथ मिलते हैं। इस प्रसंग में हमें श्री रामचंद्र वर्म्मा के प्रामाणिक हिंदी कोश, प्रकाश हिंदी साहित्य कुटीर, हाथीगली, बनारस से बहुत मदद मिली है।

इस अध्याय का सार तुलसीदासजी की पंक्तियों में सहज ही सिमट जाता है।

संसार सागर के नायक

सब जगह तालाब हैं और इसी तरह सब जगह उन्हें बनाने वाले लोग भी रहे हैं। इन राष्ट्र निर्माताओं को आज के समाज के पढ़े-लिखे और जो लिखते-पढ़ते हैं, वे लोग कैसे भूल बैठे, यह बात आसानी से समझ में नहीं आती।

इन अनाम बना दिए गए लोगों को, फिर से समझने में आज के नाम वाला पढ़ा-लिखा ढाँचा कोई कहने लायक मदद नहीं दे पाता। एक तो यह

ढाँचा इन तक पहुँच नहीं पाता, फिर पहुँच भी जाए तो इन्हें मिस्त्री और राज से ज्यादा पहचानता नहीं। इस ढाँचे में इन्हें जगह मिल भी जाए तो वह अकुशल मजदूर और बहुत हुआ तो मजदूर की है। इस ढाँचे में ऐसे भी लोग और संस्थाएँ हैं, जो लोक शक्ति में आस्था रखती हैं, पर वे लोक बुद्धि को नहीं मान पातीं। इसलिए इन अनाम बना दिए गए राष्ट्र निर्माताओं तक हम अनाम लोगों के माध्यम से ही पहुँच सके हैं।

राजस्थान में गजधर की समृद्ध परंपरा को समझने में जैसलमेर के श्री भगवानदास माहेश्वरी और श्री भँवरलाल सुथार तथा जयपुर के श्री रमेश थानवी से बहुत मदद मिली है। उनके पते इस प्रकार हैं : श्री भगवानदास माहेश्वरी, पटवों की हवेली, जैसलमेर, श्री भँवरलाल, सुथार, राजोतियावास, जैसलमेर, श्री रमेश थानवी, राजस्थान प्रौढ़ शिक्षण समिति 7 ए, झालाना डूँगरी संस्थान क्षेत्र, जयपुर।

इस अध्याय के नायकों की अधिकांश जानकारी मौखिक बातचीत से ही समेटी गई है। जितनी भी लिखित सामग्री पर नजर पड़ी, वह मुख्यत: शोध कार्यों का रूपांतर या सरकारी गजेटियर, पुराने रिकॉर्ड, रिपोर्ट के स्वरूप में थी। शास्त्रीय स्रोतों में वास्तुशास्त्र, मानसार सीरीस या समरांगन सूत्रधार जैसे जटिल ग्रंथों के ही सूत्र मिल पाए। ऐसा माना जाता है कि सोलहवीं सदी के आस-पास नायक-शिल्पियों का संगठन बिखरने लगा था और उसी के

साथ इस कला से संबंधित विविध ग्रंथ भी लुप्त होने लगे थे।

ऐसे संकट के समय में ही गुजरात, पाटण के सोमपुरा क्षेत्र में शिल्पी सूत्रधार नाथुजी का जन्म हुआ था। उन्होंने अपने कुटुंब के अस्त-व्यस्त ग्रंथों को फिर सँभाला और संस्कृत में 'वास्तुमंजरी' की रचना की। रथपति श्री प्रभाशंकर ओघड़भाओ सोमपुरा ने इसी ग्रंथ के मध्य भाग 'प्रासाद मंजरी' का गुजराती में रूपांतर किया। ऐसे काम की शृंखला में श्री भारतानंद सोमपुरा ने इसे हिंदी पाठकों के लिए सन् 1964 में प्रस्तुत किया।

इस पुस्तक की भूमिका शिल्पी के भेदों पर अच्छा प्रकाश डालती है। ये हैं रथपति यानी जो स्थापत्य की स्थापना में संपूर्ण योग्यता रखते हैं। इनके गुण-कर्मों का अनुसरण करने वाले पुत्र या शिष्य सूत्रग्राही कहलाते हैं। ये रेखाचित्र बनाने से लेकर रथपति के सारे कार्यों के संचालन में निपुण होते हैं। बोलचाल की भाषा में ये 'सुतार-छोड़ो' नाम से भी जाने जाते हैं। 'सूत्रमान प्रमाण' को जानने वाले तक्षक पत्थरों का छोटा-बड़ा काम स्वयं करते हैं। काष्ठ और मिट्टी के काम में निपुण वर्धकी होते हैं।

पर केवल कौशल का गुण ही श्रेष्ठ शिल्पी की योग्यता की पहचान नहीं। वास्तुशास्त्र के अनुसार यजमान को चाहिए कि शिल्पी के गुण-दोष को भी कसौटी पर कस लें। कर्म के गुण के साथ आचरण में गुणवान सिद्ध होने वाला ही श्रेष्ठ शिल्पी हो सकता है। धार्मिक, सदाचारी, मिष्टभाषी, चरित्रवान, निष्कपटी, निर्लोभी, बहु-बंधुवाला, निरोगी, शारीरिक रूप से दोषहीन होना भी उतना ही महत्त्वपूर्ण है, जितना कि चित्ररेखा में कुशल होना या शास्त्र और गणित का ज्ञाता होना। समाज को बनाने और उसे सँवारने वाले शिल्पी परिवार को ठीक तरह से समझने में इस पुस्तक की भूमिका बहुत उपयोगी सिद्ध हो सकती है।

उड़ीसा के महापात्र और उनसे जुड़े शिल्पी परिवार आज भी पुरी और भुवनेश्वर में बसे हैं। इन्हीं के पूर्वजों ने जगन्नाथपुरी और भुवनेश्वर के सुंदर

मंदिरों का निर्माण किया था।

अनंगपाल की दिल्ली और उस काल में 11वीं सदी में महरौली के पास बने अनंगताल नामक तालाब को पुरातत्त्व विभाग ने पिछले वर्ष ढूँढ़ निकाला है। योगमाया मंदिर के पीछे चल रही खुदाई अभी पूरी नहीं हुई है, लेकिन पत्थर की कई विशाल सीढ़ियों से सजे एक गहरे, लंबे-चौड़े तालाब का आकार उभरने लगा है।

भूमि में गहरे जल को 'देखने' वाले सिरभावों के बारे में बीकानेर के श्री नारायण परिहार और श्री पूनमचंद तथा नरसिंहपुर, मध्य प्रदेश के किसान श्री केशवानंद मिश्र से जानकारी मिली है।

पथरोट, टकारी, मटकूट, सोनकर जैसे नाम और शब्द धीरे-धीरे भाषा से हटते गए हैं, इसलिए नए शब्दकोशों में ये नहीं मिलते। इनकी सूचना हमें इन शब्दों की तरह ही पुराने पड़ गए शब्दकोशों से मिली है।

वनवासी समाज पर यों कहने को बहुत से शोध ग्रंथ हैं, पर ये ज्यादातर खान-पान, रहन-सहन का वर्णन करते हैं, वह भी कुछ ऐसी शैली में मानो इनका अन्न-जल कुछ अलग रहा हो। भद्दे किस्म के कुतूहल या एक विचित्र उपकार की भावना से भरे ऐसे साहित्य में वनवासी समाज के उत्कृष्ट गुणों, पानी से संबंधित तकनीकी कौशल की झलक मिलना संभव नहीं है। इस गुण की संक्षिप्त झलक हमें भील सेवा संघ से प्रकाशित भोगीलाल पंड्या स्मृति ग्रंथ में मिली है। बंजारों के संदर्थ में शाहजहाँ के वजीर का प्रसंग बरार क्षेत्र के पुराने दस्तावेजों में देखने को मिल सकता है। इनमें श्री ए.सी. लायल द्वारा तैयार किया गया बरार जिला गजेटियर, सन् 1870 और बरार सेंसस सन् 1881 उपयोगी सिद्ध हो सकते हैं।

मध्य प्रदेश के बुंदेलखंड और छत्तीसगढ़ में बंजारों द्वारा बनाए गए तालाबों की सूचनाएँ हमें श्री पंकज चतुर्वेदी, महोबा नाका, छतरपुर, श्री राकेश दीवान मध्य प्रदेश से मिली हैं।

ओढ़ियों के बारे में मौखिक जानकारी श्री दीनदयाल ओझा से तथा लिखित जानकारी दिल्ली के श्री मुहम्मद शाहिद के सौजन्य से प्राप्त 'जाति भास्कर' नामक एक दुर्लभ पुसतक से ली गई है। यह पुस्तक मुरादाबाद निवासी विद्यावारिधि पंडित ज्वालाप्रसाद मिश्र ने संस्कृत में लिखी थी। इसका हिंदी अनुवाद श्री खेमराज श्रीकृष्णदास ने किया था और यह सन् 1928 में बंबई के श्री वेंकटेश्वर मुद्रायंत्रालय से प्रकाशित हुई थी।

आज के आधुनिक समाज में जसमा ओढ़न लोक-कला-गाथा-जीवनशैली कुतूहल, जिज्ञासा की पात्र मानी जा सकती हैं, पर समाज की नायिका शायद ही। किंतु इस सबके बावजूद इनका अद्‌भुत जस राजस्थान के लंगा समाज की वाणी में आज भी गूँजता है और गुजरात की भवई में थिरकता है, जिससे वह विस्मृति की आँधी को अपने स्नेह, मान और श्रद्धा के कारण बचाता रहा है।

जसमा ओढ़न की कथा को रंगीन पन्नों में अमर चित्र कथा सीरीज ने सन् 1977 में अंतिम बार छापा था। आज अनुपलब्ध यह अंक हमें दसवीं कक्षा के छात्र श्री इंद्रजीत राय से मिल पाया है। इनका पता है : एच 14, कैलाश कॉलोनी नई दिल्ली।

सुश्री शांता गांधी का हिंदी नाटक 'जसमा ओढ़न' भी इस सिलसिले में देखा जा सकता है। प्रकाशक हैं : राधाकृष्ण प्रकाशन, 2/38 अंसारी रोड, दरियागंज, नई दिल्ली।

इंदिरा नहर में ओढ़ियों के योगदान की और अधिक जानकारी उरमूल ट्रस्ट द्वारा आयोजित नहर-यात्रा के निमित्त तैयार की गई रिपोर्ट से मिल सकती है।

उड़ीसा के तालाब बनाने वालों की प्रारंभिक सूचनाएँ हमें गांधी शांति प्रतिष्ठान की श्रीमती काजल पंड्या और श्री पारस भाई, प्रदाता, ग्राम उदयगिरि, फूलबनी, उड़ीसा में मिली हैं।

खरिया जाति की जानकारी मध्य प्रदेश शासन की पत्रिका 'मध्य प्रदेश

संदेश' के विभिन्न अंको में बिखरी सामग्री से मिली है।

मुसहर और डांढ़ी के तालाबों से अटूट संबंध की जानकारी हमें बिहार के श्री तपेश्वर भाई और गांधी शांति प्रतिष्ठान के श्री निर्मलचंद्र से प्राप्त हुई। उत्तर में हिमाचल और पंजाब से लेकर मध्य में नासिक, भंडारा तक तालाब के सिलसिले मे कोहलियों की विशिष्ट भूमिका की जानकारी सर्व सेवा संघ गोपुरी, वर्धा के श्री ठाकुरदास बंग, श्री वसंत बोंबटकर : सेंटर फॉर साइंस एंड एनवायरनमेंट, एफ 6, कैलाश कॉलोनी, नई दिल्ली के श्री अनिल अग्रवाल तथा श्री मोहन हीरबाई, देसाईगंज, गड़चिरौली, महाराष्ट्र से मिली है।

कोंकण की गावड़ी जाति का परिचय दिया है गोवा की संस्था—'शांतिमय समाज, पोस्ट बांदोड़ा के श्री कलानंद मणि और श्री नीरज ने। इसी विषय पर श्री कलानंद मणि का एक लेख गांधी शांति प्रतिष्ठान के मासिक पत्र 'गांधी मार्ग' में सन् 93 के फरवरी अंक में प्रकाशित हुआ है।

तमिलनाडु की समृद्ध एरी पंरपरा पर मद्रास की संस्था 'पैट्रियाटिक एंड पीपल्स ऑरियांटेड साइंस एंड टेक्नोलॉजी ग्रुप ने काफी काम किया है। श्री टी.एम. मुकुंदन द्वारा इस विषय पर संस्था की पत्रिका पी.पी.एस.टी बुलेटिन खंड 16 सितंबर, 1988 में लिखे गए एक समग्र लेख के अलावा हमें अन्य संदर्भों से भी छुटपुट सामग्री मिली है।

मद्रास प्रेसीडेंसी के अन्य इलाकों के जिला दस्तावेजों में अंग्रेजी लेखकों के लिए तालाबों का ब्योरा अंग्रेजी के दो-ती प्रचलित शब्द—टैंक और रिसर्वायर की संख्यामात्र में सिमट जाता है। इसलिए ऐरी शब्द का उल्लेख शायद ही कहीं देखने को मिलता है। लेकिन एक किताब अपवाद सिद्ध हुई है। श्री एच. विल्सन द्वारा सन् 1855 में लिखी 'गलॉसरी ऑफ ज्युडिशियल रेवेन्यू टर्म्स एंड ऑफ यूसफुल वर्ड्स अकरिंग इन ऑफिशियल डॉक्यूमेंट्स रिलेटिंग टू द एडमिनिस्ट्रेशन ऑफ द गवर्नमेंट' इस विषय से जुड़े अपने समाज की ठीक झलक देती है।

पालीवाल ब्राह्मणों से संबंधित प्रारंभिक सूचनाएँ हमें श्री शुभू पटवा से प्राप्त हुई है।

महाराष्ट्र के चितपावन और देशरुख या देशमुख ब्राह्मणों की कथा पहले उल्लिखित 'जाति भास्कर' पुस्तक से ली गई है।

पुष्करणा ब्राह्मणों और पुष्कर सरोवर की संक्षिप्त जानकारी हमें कर्नल टॉड की प्रसिद्ध पुस्तक 'एनेल्स एंड एंटीक्विटीस ऑफ राजस्थान' के परिविर्धित हिंदी संस्करण 'राजस्थान का इतिहास' (संपादन श्री बी.आर. मिश्र, श्री जे.पी. मिश्र और श्री राय मुंशी देवी प्रसाद) से मिली है।

छत्तीसगढ़ के रामनामी संपद्राय पर 'मध्य प्रदेश संदेश' के अंकों में छुटपुट जानकारियाँ हैं।

सागर के आगर

तालाब के अंग-प्रत्यंग में आगौर के विभिन्न नाम हमें श्री चंडीप्रसाद भट्ट, पो. गोपेश्वर जिला चमोली, उ.प्र., श्री राकेश दीवान, श्री गुणसागर सत्यार्थी, पो. कुंडेश्वर, टीकमगढ़, म.प्र. और गांधी शांति प्रतिष्ठान नई दिल्ली के श्री राजीव वोरा से मिले हैं।

आगर और पाल से संबंधित शब्दों की जानकारी श्री रमेश थानवी और श्री तपेश्वर भाई, पोस्ट जगतपुरा, वाया घोंघरडीहा, मधुबनी, बिहार से मिली है।

शिवसागर की कलात्मक नेष्टा हमें श्री जयप्रकाश थानवी के सौजन्य से देखने को मिली। उनका पता है : मोची गली, फलौदी, जोधपुर।

साद रोकने के अंगों का प्रारंभिक विवरण श्री शुभू पटवा और उन्हीं के गाँव भीनासर, बीकानेर के श्री नारायण परिहार और जनसत्ता चंडीगढ़ के संपादक श्री ओम थानवी से मिला है।

साद के अन्य नाम कपा और कापू भी हैं। साद निकालने की व्यवस्था उतनी ही पुरानी है, जितने पुराने हैं तालाब। वास्तुशास्त्र के संस्कृत ग्रंथ 'मानसार'

में इसे मीढ़-विधान कहा गया है।

पठियाल, हथनी और घटोइया बाबा से संबंधित सामग्री श्री भगवानदास माहेश्वरी, श्री दीनदयाल ओझा, केलापाड़ा, जैसलमेर से हुई बातचीत पर आधारित है।

स्तंभों की विविधता को समझने में श्री राकेश दीवान, उनकी बहन सुश्री भारती दीवान से बहुत मदद मिली है।

'पुरुष' नाप की बारीकियाँ हमें श्री नारायण परिहार से समझने को मिली हैं। इस संबंध में वास्तुशिल्प के प्राचीन ग्रंथ 'समरांगन सूत्रधार' में भी अणु से लेकर योजन तक के नाप देखे जा सकते हैं।

लाखेटा के बारे में पूरी जानकारी उस्ताद निजामुद्दीनजी से मिली है। उनका पता है : बाल भवन, कोटला मार्ग, नई दिल्ली। इसी संदर्भ में भोपाल ताल के मंडीद्वीप का किस्सा श्री ब्रजमोहन पांडे की पुस्तक 'पुरातत्त्व प्रसंग' में देखा जा सकता है। इसमें मंडीद्वीप के आलवा अन्य कई सिंगल (सिंहल) द्वीपों का भी उल्लेख है। आज भी इस इलाके में सिंगलदीप नाम के कुछ गाँव मिलते हैं।

डाट से संबंधित गोवा के श्री कलानंद मणि, अलवर के श्री राजेंद्र सिंह

तथा चाकसू, जयपुर के श्री शरद जोशी के साथ की गई यात्राओं के अलावा श्री रामचंद्र वर्म्मा के शब्दकोश में वर्णित इससे मिलते-जुलते चुरंडी, चुकरैंड आदि शब्दों के आधार पर तैयार की गई है।

पानी की तस्करी के प्रसंग में आए बुंदेली शब्द श्री गुणसागर सत्यार्थी से मिले हैं।

साफ माथे का समाज

तालाबों के आगौर को साफ रखने की प्रारंभिक जानकारी में श्री शुभू पटवा का विशेष योगदान रहा। मध्य प्रदेश और बिहार में तालाबों की साफ-सफाई की अधिकांश सामग्री श्री राकेश दीवान और श्री तपेश्वर भाई से प्राप्त हुई है। इसी संदर्भ में बिहार हिंदी ग्रंथ अकादमी, कदम कुआँ, पटना से प्रकाशित श्री हवलदार त्रिपाटी 'सहृदय' की पुस्तक 'बिहार की नदियाँ' भी देखी जा सकती हैं।

दक्षिण में प्रचलित धर्मादा और मान्यम् प्रथा के विस्तार को समझने में इन ग्रंथों से भी मदद मिली है : तमिलनाडु सरकार द्वारा 1977 में प्रकाशित 'हिस्ट्री ऑफ लैंड रेवेन्यू सेटलमेंट एंड अबॉलिशन ऑफ इंटरमिडियरी टैन्योर्स इन तमिलनाडु'। इस किताब के बारे में इतना लिखना आवश्यक है कि अपने किस्म की यह एक ही पुस्तक है। आज की थकी हुई सरकारों और समाज को चलाने वाली उनकी योजनाओं से बिलकुल अलग यह समाज में रची-पची संस्थाओं और परंपराओं का विस्तृत चित्रण करती है। इसके अलावा श्री डब्ल्यू. फ्रांसिस द्वारा सन् 1906 मे लिखे साउथ आरकाट जिला गजेटियर में भी कुछ जानकारी है।

गैंगाजी कल्ला का प्रसंग हमें फलौदी, जोधपुर के श्री शिवरतन थानवी से और गैंगजी की निगरानी में आने वाले क्षेत्र का, तालाबों का परिचय हमें उनके सुपुत्र श्री जयप्रकाश थानवी के साथ की गई यात्राओं से मिला है। गैंगाजी कल्ला जैसी विभूतियाँ प्राय: हर गाँव और शहर में तालाबों और नदियों के घाट

पर उपस्थिति रहती थीं और वर्ष भर इनकी निगरानी करती थीं। घाटों पर अखाड़ों का चलन भी इसी कारण रहा होगा। सन् 1900 तक दिल्ली में यमुना के घाटों पर अखाड़े के स्वयंसेवकों का पहरा रहा करता था। इसी तरह यहाँ के तालाब और बावड़ियाँ अखाड़ों की देखरेख में साफ रखी जाती थीं। आज जहाँ दिल्ली विश्वविद्यालय है, वहाँ मलकागंज के पास कभी दीना का तालाब था। इसके अखाड़े में देश-विदेश के पहलवानों के दंगल आयोजित होते थे। दीना के तालाब की प्रारंभिक जानकारी हमें श्री कैलाश जैन से मिली थी। इस तालाब की विस्तृत जानकारी के लिए श्री दलीप कुमार, द्वारा श्री किशोरीलाल, मकान न. 629 गली रॉबिन सिनेमा, सब्जी मंडी, मलकागंज, दिल्ली-71 से संपर्क किया जा सकता है।

ल्हास की संक्षिप्त जानकारी कर्नल टॉड द्वारा लिखित 'एनल्स एंड एन्टीक्विटीस ऑफ राजस्थान' के हिंदी अनुवाद में दी गई सूचना पर आधारित है।

नारनौल, हरियाणा के प्रसिद्ध तालाब में आज भी मुंडन संस्कार के बाद संतान के माता-पिता तालाब से मिट्टी निकालकर पाल पर डालते हैं। इस परंपरा की विस्तृत जानकारी गांधी शांति प्रतिष्ठान, नई दिल्ली के श्री रमेश शर्मा से मिल सकती है।

सहस्त्रनाम

दिल्ली के श्री द्विजेंद्र कालिया और उनकी पत्नी सुश्री मुकुल कालिया दिल्ली के तालाबों, डिग्गी, हौज और नहरों के अच्छे जानकार हैं। श्रीमती मुकुल ने पुरानी दिल्ली पर बच्चों के लिए एक सरस पुस्तिका भी लिखी है। प्रकाशक हैं : गांधी शांति केंद्र, बी-52, मधुबन, दिल्ली-92। उनका पता है : 199 सहयोग अपार्टमेंट्स, मयूर विहार, दिल्ली।

अंबाला की डिग्गियों की जानकारी हमें वहाँ के श्री देवीशरण देवेश से मिली है। उनका पता है : गांधी शांति प्रतिष्ठान केंद्र, 1630 जयप्रकाश नारायण मार्ग, अंबाला, हरियाणा। लाल किले के लाहौरी गेट के सामने बनी लाल

डिग्गी की सूचना उर्दू में लिखी गई श्री सर सैयद अहमद खाँ की पुस्तक 'आसारूस सनादीद' (सन् 1864) से मिली है। इस पुस्तक तक पहुँचने में हमें गांधी संग्रहालय के श्री हरिश्चंद्र माथुर, गांधी शांति प्रतिष्ठान के श्री एच.एल. वधवा और श्री मुहम्मद शाहिद से मदद मिली है।

पाठकों को यह जानकर अचरज होगा कि लाल डिग्गी तालाब एक अंग्रेज लार्ड एडिनवरो ने बनाया था और राज करने वालों के बीच यह उन्हीं के नाम पर जाना जाता था। लेकिन दिल्ली वाले इसे लाल डिग्गी ही कहते रहे, क्योंकि 500 फीट लंबा और 150 फीट चौड़ा यह तालाब लाल पत्थरों से बना था। श्री हर्न की सन् 1906 में प्रकाशित हुई पुस्तक 'सेवन सिटीज ऑफ डेली' में लाल डिग्गी का सुंदर विवरण मिलता है। दिल्ली के अन्य तालाबों, नहरों, बावड़ियों के बारे में श्री कॉर स्टीफन की 'आर्कियोलॉजी एंड मान्यूमेंटल रीमेंस ऑफ डेली', सन् 1876 और श्री जी.जी. पेज द्वारा चार खंडों में संपादित 'लिस्ट ऑफ मोहम्मडन एंड हिंदू मान्यूमेंट्स, डेली प्रॉविन्स', सन् 1913 से भी बहुत मदद मिल सकती है।

खंडवा के कुंडों की जानकारी श्री गोपीनाथ कालभोर, रतन मंजिल दूधतलाई, खंडवा, म.प्र. से मिली है।

टिहरी गढ़वाल के श्री बिहारीलाल ने हिमालय के तालाबों, चालों से हमें परिचित करवाया। उनकी संस्था लोक जीवन विकास भारती, बूढ़ा केदार, पो. थाती, टिहरी गढ़वाल अपने अन्य सामाजिक कार्यों के साथ-साथ चालों का चलन फिर से शुरू करने का प्रयत्न कर रही है। श्री मैथिलीशरण गुप्त के चिरगाँव के चोपरा का विवरण भी गुणसागर सत्यार्थी से प्राप्त हुआ है।

नकरा और गधया एवं नदी से भरने वाले तालों की जानकारी गांधी स्मारक निधि के श्री मिश्रीलाल से मिली है।

फुटेरा ताल जनसत्ता, नई दिल्ली के सुधीर जैन से, बराती ताल 'बिहार की नदियाँ' पुस्तक से और हा-हा पंचकुमारी ताल एवं लखीसराय के 365

तालाबों से संबंधित सूचनाएँ हमें श्री निर्मलचंद्र से मिली हैं।

जायकेदार तालाब पर इंदौर के दैनिक पत्र 'नईदुनिया', 17 मई, 1991 के अंक में छपे श्री बाबूराव इंगले के लेख ने तालाबों के सहस्रनामों में अलग ही जायका भर दिया।

बरसाने की पीली पोखर की जानकारी सुश्री विमला देवी से प्राप्त हुई है।

उनसे संपर्क : द्वारा डॉ. सुभाष चंद तोमर, चक्कीवाला कटरा, बरसाना, जिला मथुरा, उ.प्र. पर किया जा सकता है।

विचित्र गोला ताल का परिचय हमें श्री शरद जोशी के कारण मिला है। उन्हीं ने जयवाण तोप और फिर उससे 20 मील दूर गिरे गोले से बने इस ताल की यात्रा का प्रबंध किया था।

दशफला पद्धति की मौखिक जानकारी बापटला आंध्र प्रदेश के श्री जी.के. नारायण से प्राप्त हुई है। गांधी शांति केंद्र, हैदराबाद से आंध्र के पर्यावरण पर तेलुगु में प्रकाशित एक रिपोर्ट में इस क्षेत्र के तालाबों का विवरण है। साँकल पद्धति से जुड़े तालाब कई जगह बनते थे। दक्षिण के अलावा बुंदेलखंड,

राजस्थान और गुजरात में भी ये देखने को मिलती हैं। मध्य प्रदेश के ऐसे तालाबों की जानकारी 'नईदुनिया' इंदौर के एक नवंबर, 91 के अंक में श्री रामप्रताप गुप्ता के लेख में मिलती है। उनका पता है : शासकीय महाविद्यालय, रामपुरा, मंदसौर, मध्य प्रदेश।

मुरैना, मध्य प्रदेश के पड़ावली गाँव में सात स्तर के तालाब की साँकल थी। पड़ावली की जानकारी के लिए ग्वालियर साइंस सेंटर के श्री अरुण भार्गव से एल. बी. 175 दर्पण कॉलोनी, ग्वालियर पर संपर्क किया जा सकता है। छिपीलाई शब्द का सुंदर उपयोग पहली बार हमें उस्ताद श्री निजामुद्दीन से सुनने को मिला। इस प्रसंग में छत्तीसगढ़ और बिहार के तालाबों के नामों को समझने में हमें क्रमशः श्री राकेश दीवान और श्री निर्मलचंद्र से सहायता मिली है। भोपाल के ताल का विस्तृत विवरण श्री ब्रजमोहन पांडे की पुस्तक से मिल सकता है। इसमें देश के कई अन्य प्राचीन सरोवरों की भी पर्याप्त जानकारी है। पलवल स्थान की सूचना हमें दिल्ली में लोक कलाकारों के बीच काम कर रही संस्था 'सारथी' के श्री भगवतीप्रसाद हटवाल से प्राप्त हुई। पता है : सारथी, फ्लैट नं. 4, शंकर मार्केट, कनॉट प्लेस, नई दिल्ली। और झुमरी तलैया नाम से हम देश के हजारों श्रोताओं की तरह आकशवाणी के विविध भारती कार्यक्रम के कारण परिचित हुए हैं।

मृगतृष्णा झुठलाते तालाब

इस हिस्से को लिखने में हमें राजस्थान के जैसलमेर, बीकानेर तथा बाड़मेर जिलों के गजेटियर तथा इन्हीं क्षेत्रों की जनगणना रिपोर्ट, सन् 1981 से बहुत मदद मिली है। इन संदर्भों के अलावा इन इलाकों की एकाधिक यात्राओं से मरुभूमि का, वहाँ के समाज का और पानी से संबंधित उनकी बुद्धिमत्ता का आभास हो सका है। वहाँ की अधिकांश यात्राएँ अनुपम मिश्र को के.के. बिडला प्रतिष्ठान से राजस्थान में जल संग्रह विषय पर मिली एक शोधवृत्ति के अंतर्गत की जा सकी है।

जैसलमेर शहर और उसके आस-पास बने तालाबों की प्रारंभिक जानकारी श्री नारायण लाल शर्मा द्वारा लिखित 'जैसलमेर' नामक पुस्तिका से मिली है। प्रकाशक हैं : गोयल ब्रदर्स, सूरज पोल, उदयपुर।

इन क्षेत्रों के बारे में समय-समय पर श्री ओम थानवी, श्री भगवानदास माहेश्वरी, श्री दीनदयाल ओझा और राजस्थान गो सेवा संघ के श्री भँवरलाल कोठारी से हुई बातचीत से हमें बहुत मदद मिली है। राजस्थान गो सेवा संघ का पता है : रानी बाजार, बीकानेर।

घड़सीसर तालाब, गड़सीसर या गाड़ीसर नाम से भी पुकारा जाता है। इस तालाब के किनारे बने मंदिर, घाट, रसोइयाँ, चौकी, पोल और तालाब पर जमने वाले मेले का वर्णन हमें श्री उम्मेदसिंह महेता की एक गजल से मिला है। यह गजल 'जैसलमेरीय संगीत रत्नाकर, पहिला हिस्सा' नामक पुस्तक में है। पुस्तक लखनऊ के नवकिशोर प्रेस से सन् 1929 में प्रकाशित हुई थी। यह हमें जैसलमेर के श्री भगवानदास माहेश्वरीजी के निजी संग्रह से मिली है। देश के एक विशिष्ट तालाब पर 46 बरस पहले जैसलमेर में लिखी गई और लखनऊ से छपी यह दुर्लभ सामग्री एक विशेष महत्त्व रखती है। इसलिए हम यहाँ इसे

ज्यों-का-त्यों प्रस्तुत कर रहे हैं।

अथ तालाब गड़सीसर की गजल लिखते
तख्त जेसांन ताको जानत है जहाँन ताको
सब मुलकन में नाम तमाम अति भारी है।
किल्ला है भूरगढ़ भूप जवाहिर सिंह अधिक
छवि प्यारी और फोज दल अपारी है।
रईयत मतवारी छटा गड़सीसर की भारी
जहाँ भरत नीर लाखों ओर किरोड़ पनिहारी है।
महेता कहे उम्मेदसिंह वाहो
जेसाण नाथ रियासत तुम्हारी बादशाहत से नियारी है॥ 1॥

गजल

गवरी पुत्र है गणराज। समझो सदा पूरण काज॥
जादू मरुस्थल है माड़। जैसलमेर गड़ रजवाड़॥
पूरब दिशा गड़मल ताल। दोनों तरफ ऊँची पाल॥
बंधीया घाट घाटी नाल। ऊपर महल मंदिर साल॥
भरीय नीर अमृत जान। जिन पर शहर का मंडान॥
दुनिया भरत आवत नीर। चोकी प्रथम ब्राजत पीर॥
नाम जमाशला है जान। माने सकल मुसलमान॥
फिर पठियाल जिनके पास। वहाँ सिध वसूते का वास॥
परच्यो प्रगट पायो नाम। समझो सदा सिधी काम॥
सांमी वासूवो की प्रोल। जातों वक्त डाबे डोल॥
छत्री साल मंदिर ठाट। बंधीया सरोवर पर घाट॥
देख्या बड़ा गज मंदर। शिव की मूर्ति अंदर॥
होता गायत्री यगसाल। ब्राह्मण जीमता हदमाल॥
कीतो यूँ अजीत ने काम। राख्यो बगेची को नाम॥

मंदिर रच्यो गिरधारी के। नीचे सात बंध भारी के॥
छत्री पास है मंदर। लोले बणायो पहोकर॥
मोटो नीलकंठ महादेव। दुनिया सकल करती सेव॥
आगे मंदिर पठसाला के। मालिक जबलपुर वाला के॥
बाई संदामा का महेल। दुनिया बैठ करती सहेल॥
नीचे माई का ओटा के। लगता भंग का घोटा के॥
बाहर बगेची घाली के। ब्राह्मण रहत सिरमाली के॥
बिसां की बगची त्यार। साला मंदिर महल अपार॥
आदू गड़सीसर रावल। मंदिर बणायो सावल॥
देवी मात है हिंगलाज। सेवा कीयो सरता काज॥
भारी बुरज है गड़ी के। फोजों बीच में लड़ी के॥
इनके रहत जल चौफेर। आगे लीया नेष्टा घेर॥
आया पराक्रमा दे ताल। च्यारों तरफ हे पठसाल॥
सांमा बगेचा मंदर। व्यासों तणा सांमीसर॥
भीतर मोल हे निजदेख। व्यासों बणायो हद एक।
लिक्ष्मीनाथीजी का बाग। मंदिर महल अच्छो लाग॥
आई बगेची जो आद। प्रोहितों बणाई रख याद॥
भीतर भुर्ज भारी एक। सांमा मंदिर शिव का लेख॥
नीचे फतेचंद की साल। पुखता बणाई कर ख्याल॥
देख्या बाग जो महेरांणा। मालिक सकल सेवक जांण॥
करता हमेशां इंतजाम। साधू संत ले बिसराम॥
आछी बगेची रूपनाथ। भीतर दोय मंदिर साथ॥
जिनके पास बंगला एक। महोते बख्तसिंह का देख॥
चांडर द्वार के की साल। ऐसी नहीं है चौताल॥
जल अध बीच बंगला काम। महोते फतेसिंह का नाम॥

मोडा बंगला नीका के। धीरवारसिंह महोते काके॥
जाली बंगला पाया के। मनहर भूप करवाया के॥
भरीया रहत जल दरियाब। बंगला अधर देखत नाव॥
टीलों कराई हद प्रोल। ऊपर मंदिर नीचे मोल॥
आगे अजब पठाघट बाट। जुड़ता औरतों का ठाट॥
भादव कृष्ण कजली तीज। आए मांह चमकत बीज॥
भरता गड़ीसर मेला के। आया दोस्तो भेला के॥
मेला जुड़त है भारी के। आवत सकल पर नारी के॥
मेले तणी सोभा मान। आतव छती से ही पान॥
त्रीया सकल सज सिणगार। गावत गीत राग उचार॥
बोलत हाथ धर गालों के चलती मस्त गज चालों के॥
घुल रही-रही अँख्यिाँ रंग लाल। बंदली खूब सोहे भाल॥
जुलफों बणी नागन लेख। नयनों बीच काजल रेख॥
सिर पर अजब सोहे बोर। जलकत चंद्रमा के तोर॥
नीचे झूटणा झैला के। राहता मीढ़ियों भेला के॥
कांने डूगगलों की झूल। नीचे लटकता कनफूल॥
नक में नाथ है भारी के। सोभा देत जो सारी के॥
दाँतों जड़ी कंचन मेख। मुखड़ो चंद्रमा सो देख॥
कंठला कंठ बिच सोहे के। छतियों देख मन मोहे के॥
कड़ीयों मं सोहे कन्दोर। पतली कमर नाजुक तोर॥
हथ में गौखरू हद जोय। देख्यो दिल खुसी जो होय॥
बुकये बोरखे बाजू के। पहरे नार सब नाजू के॥
हथ संकला सोहे हद खूब। जेवर बण्यो लूंबालूंब॥
कडीयों साटों का जोड़ा के। जांझण जीभयों तोड़ा के॥
रण झण पाँव में बाजे के। इतनो आभूषण छाजे के॥

ऐसी सज सोले सिणगार। मेले बीच आवत नार॥
साथे मर्द सब आवे के। मेलो देख मन भावे के॥
सब मिल संग सुणता गीत। हे जेसाणं में हद रीत॥
रहता सांम तक बिसरांम। घर को फेर चलती वांम॥
मेला घिरत जो पाछा के। गावत गीता मिल आछा के॥
आगे गीत गावत नार। चालत मर्द लारोलार॥
साथे नारियों सब कंथ। मोरो ज्यूं भया महेमंद॥
दाखल होत शहर मंझार। धीरे मधुर चलती नार॥
सूरज अस्त पड़ता सांम। पहोच्या जाय अपने धांम॥
गजल गड़सीसर की जोय। बच्चो सुसंदा खुस होय॥
मन में उठ गई उमंग। गजल कही मुं. उम्मेदसिंह॥

इति श्रीतलाब गड़सीसर की गजल महेता उम्मेद सिंह कृत संपूर्ण।
शुभ भवतु॥

जैसलमेरीय 'संगीत रत्नाकर' पहिला हिस्सा, नवलकिशोर प्रेस, लखनऊ में मुद्रित। 1929 ई. मूल्य आठ आना।

बाप नामक तालाब की कहानी हमें उस्ताद निजामुद्दीनजी से सुनने को मिली। मई की रेतीली आँधी के बीच वहाँ की यात्रा बीकानेर की संस्था उरमूल ट्रस्ट के श्री अरविंद ओझा की मदद से की गई।

मरुभूमि में भगवान् श्रीकृष्ण के वरदान का प्रसंग श्री नारायण लाल शर्मा की पुस्तिका से लिया गया है। मरुभूमि के गाँवों में, शहरो में, और तो और निर्जन तक में इस वरदान के दर्शन होते हैं।

तालाब बाँधता धरम सुभाव

तालाबों के 'धरम सुभाव' का वर्णन डिंगल भाषा कोश से मिला है। यह कोश सन् 1957 में श्री नारायण सिंह भाटी के संपादन में राजस्थान शोध संस्थान, चौपासनी, जोधपुर से प्रकाशित हुआ है। कोश के हमीरमाला खंड में

तालाबों के पर्यायवाची शब्द गिनाते हुए कवि हमीरदान रतनू ने इन्हें धरम सुभाव कहा है।

सुख और दुःख को तालाब से जोड़ने के प्रसंग हमें श्री भगवानदास माहेश्वरी, श्री राजेंद्र सिंह और श्री कलानंद मणि से मिले हैं।

बुंदेलखंड में गड़े हुए खजाने से तालाबों को बनाने का विवरण श्री योगेश्वर प्रसाद त्रिपाठी के संपादन में ब्रह्मानंद महाविद्यालय, राठ, हमीरपुर, उत्तर प्रदेश से सन् 1975 में प्रकाशित स्वामी ब्रह्मानंद अभिनंदन गंथ से लिया गया है। पुस्तक में श्री बद्रीप्रसाद धवल के लेख 'महोबा नगर का संक्षिप्त परिचय' में विक्रम संवत् 286 से 1240 तक चंदेल वंश के राज का परिचय और उनकी बाईस पीढ़ियों का विस्तार से वर्णन दिया गया है। इन बाईस राजाओं के नाम इस प्रकार हैं : चंद्र ब्रह्म, बाल ब्रह्म, ब्रजभूमि ब्रह्म, बेल ब्रह्म, सान ब्रह्म, सौधान, ब्रह्म, गज ब्रह्म, भक्ति ब्रह्म, जयशक्ति ब्रह्म द्वितीय, कील ब्रह्म, कल्याण ब्रह्म, सूर्य ब्रह्म, रूप विद्या ब्रह्म, राहिल ब्रह्म, मदन ब्रह्म, कीर्ति ब्रह्म तथा परिमाल ब्रह्म। यहाँ के बाईस बड़े तालाबों के नाम भी इन्हीं पर आधारित हैं। स्वामी ब्रह्मानंद अभिनंदन ग्रंथ हमें महोबा के श्री मनोज पटेरिया के सौजन्य से प्राप्त हुआ है।

आवाज लगाकर बिकने वाले इलाहाबादी अमरूद और नागपुरी संतरों को तो सब लोग जानते हैं। लेकिन बलदेवगढ़ की मछली? बंगाल में 'बलदेवगढ़ की मछली ले लो', जैसी आवाज भी सुनाई देती है। यह बलदेवगढ़ बंगाल में नहीं, बुंदेलखंड में है और यहाँ के तालाबों की मछली विशेष स्वादिष्ट मानी जाती रही है।

छेर-छेरा त्योहार और छत्तीसगढ़ से संबंधित अन्य सूचनाएँ तालाबों के विवाह तथा बड़े गाँवों की छै आगर छै कोरी वाली परिभाषा श्री राकेश दीवान की देन है।

सीता बावड़ी के गुदने से संबंधित जानकारी मध्य प्रदेश शासन से प्रकाशित 'चौमासा' पत्रिका के विभिन्न अंकों से ली गई है। इसी प्रसंग में कुछ कुंराऊँ समाज की स्त्रियों के बीच गुदने की परंपरा पर दो पंक्तियाँ 'मद्रास डिस्ट्रिक्ट गजेटियर सीरीस' में श्री डब्ल्यू फ्रांसिस द्वार तैयार किए गए सन् 1906 के 'साउथ आरकाट जिला गजेटियर' से मिल पाई है।

बिंदुसार का वर्णन कर्नल बी.एल. वर्मा से हुई मौखिक बातचीत पर आधारित है। उनका पता है : एम 49, ग्रेटर कैलाश भाग 2, नई दिल्ली-48। इसी प्रसंग में बनारस के तालाबों के नाम भी दुहराए जा सकते हैं। इनका नमाकरण इसी आधार पर किया गया था कि देश की सब नदियों का पवित्र जल यहाँ भी संगृहीत है। जेम्स प्रिंसप नाम के एक अंग्रेज अधिकारी ने सन् 1820 के आस-पास बनारस शहर के कुछ अच्छे नक्शे बनाए थे। इन नक्शों में इन तालाबों की स्थिति बताई गई है। ये नक्शे डायना एल. ऐक की सन् 1983 में छपी अंग्रेज पुस्तक 'बनारस सिटी ऑफ लाइट' में दिए गए हैं। प्रकाशक हैं—राउत्लैज एंड कैगनपाल, लंदन।

तालाबों को नदियों के नाम से जोड़ने की प्रथा और भी हिस्सों में रही है। इसी संबंध में भावनगर के प्रसिद्ध गंगाजलिया तालाब का भी उल्लेख किया जा सकता है।

आज भी खरे हैं तालाब

हमारे अधिकांश शहर और जिन गाँवों में उनके पैर पसर रहे हैं, वे गाँव भी आज तालाबों की दुर्दशा के संदर्भ बन सारे देश में फैल चुके हैं।

अध्याया का प्रारंभिक भाग तैयार करने में हमें श्री रामेश्वर मिश्र पंकज के साथ हुई बातचीत से बहुत मदद मिली है।

बीसवीं शताब्दी के प्रारंभ में बन रहे तांदुला तालाब की जानकारी हमें मध्य प्रदेश संदेश के सिंचाई विशेषांक के अलावा श्री जी.एम. हैरियट द्वारा 1901 में तैयार की गई तत्कालीन सेंट्रल प्राविंसेस पर एक सरकारी रिपोर्ट में देखने को मिली। 'सेंट्रल प्राविंसेस पब्लिक क्वर्स डिपार्टमेंट नोट ऑन इरिगेशन इन सेंट्रल प्राविंसेस विद अपेंडिसिस एंड टेबल्स' नामक इस रिपोर्ट में इन इलाकों के अनेक छोटे-बड़े तालाबों पर पर्याप्त अच्छी जानकारी है। गुणी जनखाना से संबंधित सूचना हमें श्री नंदकिशोर आचार्य से प्राप्त हुई है। उनका पता है : सुथारों की बड़ी गुवार, बीकानेर।

मैसूर राज्य के विषय में सन् 1901 में प्रकाशित 'मैमोरेंडम ऑन इरिगेशन वर्क्स इन मैसूर' नामक एक रिपोर्ट सरकारी विभागों द्वारा इन तालाबों की हुई छीछालेदर की पृष्ठभूमि पर ठीक प्रकाश डालती है।

'वार्ष्णेय गीतमाला' में गारियों के बीच में 'फिरंगी नल मत लगवाय दियो' की पंक्तियाँ हमारे समाज में रचे-बसे स्वभाव की झलकी भर नहीं हैं। इस गीतमाला

में समस्त शुभ अवसरों—होली, विवाह, कुआँ पूजन जैसे पर्वों-त्योहारों पर गाए जाने वाले गीतों का संग्रह है। अलीगढ़ की सुश्री रामदेवी वार्ष्णेय ने इन गीतों का संकलन किया है और दिल्ली की सुश्री त्रिवेणी देवी ने इस गीत माला को छपवाकर अपनी तरफ से बँटवाया है। अन्यथा यह पुस्तिका बिक्री के लिए नहीं है। त्रिवेणीजी से संपर्क के लिए : 719, प्रेम गली 1-डी, सुभाष रोड, गांधी नगर, दिल्ली-31। अशोक प्रेस, 2810, गली मातावाली, किनारी बाजार, चाँदनी चौक, दिल्ली से 1992 में प्रकाशित इस गीतमाला के पहले संस्करण में इस विवाह गीत का उल्लेख है।

इंदौर और देवास शहर में पिछले बीस वर्षों से बढ़ते जल संकट की अधिकांश जानकारी वहाँ के अखबारों में छपे लेखों और संपादक के नाम लिखे गए पत्रों में से ली गई है। देवास की प्रारंभिक सूचनाएँ हमें श्री बृजेश कानूनगो से मिली थीं। उनका पता है : 151, विजय नगर, देवास, मध्य प्रदेश। सागर शहर और इसके आस-पास के इलाकों में की गई यात्राओं से यहाँ के तालाबों के बारे में बहुत कुछ देखने-समझने को मिला। इसके अलावा श्री पंकज चतुर्वेदी के लेखों से मदद मिली है।

मध्य प्रदेश के कोई 150 शहरों में इस वर्ष अप्रैल के पहले हफ्ते से ही जल संकट के आसार दिखने लगे थे और शासन शहरों में पानी ढोकर ले जाने की योजनाएँ बनाने लगा था।

अपनी राजधानी भी पानी के मामले में दिनोदिन निर्धन साबित हो रही है। यमुना और अब तो गंगा से मँगवाया गया पानी भी कम पड़ रहा है। बाहरी और दिल्ली देहात के लिए बना हैदरपुर जलकल केंद्र पानी के अभाव में अप्रैल 93 तक चालू नहीं हो सका था। सुधी पाठक ध्यान दें कि ये वही इलाके हैं, जहाँ आज से कोई 50-60 वर्ष पहले तक तालाबों और पानी की कोई कमी नहीं थी।

❑❑❑